Книги Екатерины Вильмонт:

- Путешествие оптимистки, или Все бабы дуры.
- Полоса везения, или Все мужики козлы.
- Три полуграции, или Немного о любви в конце тысячелетия.
- Хочу бабу на роликах!
- Плевать на все с гигантской секвойи. Умер-шмумер.
- Нашла себе блондина!
- Проверим на вшивость господина адвоката.
- Перевозбуждение примитивной личности.
- Курица в полете.
- Здравствуй, груздь!
- Гормон счастья и прочие глупости.
- Бред сивого кобеля.
- Зеленые холмы Калифорнии. Кино и немцы.
- Два зайца, три сосны.
- Фиг с ним, с мавром! Зюзюка, или Как важно быть рыжей.
- Крутая дамочка, или Нежнее, чем польская панна.
- Подсолнухи зимой (Крутая дамочка-2).
- Зюзюка и другие (Сб.: Зюзюка, или Как важно быть рыжей; Зеленые холмы Калифорнии; Кино и немцы!).
- Дети галактики, или Чепуха на постном масле.
- Цыц!
- Девственная селедка.
- Мимолетности, или Подумаешь, бином Ньютона!
- Артистка, блин!
- Танцы с Варежкой.
- Девочка с перчиками.
- Шалый малый.
- Трепетный трепач.
- Прощайте, колибри, Хочу к воробьям!
- У меня живет жирафа.
- Черт-те что и с боку бантик.
- Интеллигент и две Риты.
- Со всей дури!
- Фиг ли нам, красивым дамам!
- Сплошная лебедянь!
- А я дура пятая!
- Вафли по-шпионски.
- Шпионы тоже лохи.
- Дама из сугроба.
- Мужлан и флейтистка.
- Свои погремушки.
- Птицы его жизни.

Екатерина Вильмонт

А я дура пятая!

Издательство АСТ
Москва

УДК 821.161.1-31
ББК 84(2Рос=Рус)6-44
В46

Компьютерный дизайн обложки
Екатерины Ферез

Вильмонт, Екатерина Николаевна.
В46 А я дура пятая! / Екатерина Вильмонт. — Москва : Издательство АСТ, 2020. — 320 с.— (Про жизнь и про любовь: Екатерина Вильмонт).
ISBN 978-5-17-111274-5

Пять лет назад Карина потеряла горячо любимого мужа и, кажется, готова к новой жизни. Однако прошлое то и дело напоминает о себе, порой болезненно и неприятно. И все-таки именно очередная встреча с прошлым расставит все по своим местам, и Карина наконец поймет то, чего не поняла в ранней юности.

УДК 821.161.1-31
ББК 84(2Рос=Рус)6-44

ISBN 978-5-17-111274-5

© Вильмонт Е.Н., 2016
© ООО «Издательство АСТ», 2020

*Мы никогда не понимали того,
Что стоило понять.*

Николай Гумилев

— Каринка, ты телевизор смотришь? — закричала в телефонную трубку моя подруга Тонька.

— Нет, а что? — меня сразу затошнило.

— Включи, это же уму непостижимо!

— Какой канал?

— Второй!

Я включила. Там шло ежедневное скандальное шоу, обожающее лезть в личную жизнь людей, делать экспертизы ДНК и все в таком роде. Ну надо же! Там на диванчиках сидела вся компашка! Неужто опять будут перемывать мне кости? Похоже на то.

— Да она вообще мизинца Леонида Дмитрича не стоила! Она же темная, как валенок, прости, Господи, — истово перекрестилась бывшая соседка моего мужа, бывшая актриса, бывшая красавица и бывшая жена двух знаменитых режиссеров. Теперь она с наслаждением таскалась по всяким ток-шоу, учила всех жить.

— Но Леонид Дмитриевич, по-видимому, все-таки любил ее... — вставил слово молодой пройдошистый ведущий.

— Да какая там любовь! — закричала первая жена моего покойного мужа. — Она выскочила за него, чтобы просто зацепиться за Москву и попасть в круг избранных!

Очень интересно, это уже что-то новенькое! Они что, не в курсе, что я в Москве родилась и выросла в кругу куда более избранном, нежели актерская братия... И хотя была моложе мужа почти на четверть века, но к тому времени окончила истфак МГУ и была не такой уж темной девушкой.

— А почему вы считаете, что Леонид Дмитриевич умер из-за Карины Дубровиной?

— Знаете, — раздумчиво заметил скандальный журналист, неприятно расплывшийся бывший красавец, — когда пожилой мужчина женится на молодой, такой конец практически неизбежен.

Господи, со смерти Лёни прошло уже пять лет, а они все никак не уймутся. Интересно, что я им всем сделала? Чего так ярится вторая супруга, ведь между нею и мной было еще две жены? Но все четыре сплоченно ополчились против меня. Поразительно! Так, а это что за персонаж? Упитанная тетка в розовой кофте со стразами, глотая слезы, говорила:

— Она, она на похоронах и поминках даже не плакала, слезинки по покойнику не проронила, сама же небось его и отравила!

— Но вскрытие ничего не показало, кроме острой сердечной недостаточности! — внес ясность ведущий.

— Да что вы ерунду городите, — вмешалась Четырежды Бывшая, — не знаете разве, что сейчас есть такие препараты, которые практически невозможно обнаружить. Тем более ее отец был ученым-химиком!

«Нет, это уж слишком! Уже до моего отца добрались! Завтра же подам в суд за клевету! — вскипела я. — Сволочи, какие сволочи!»

— Господа, господа! — подал вдруг голос какой-то неведомый мне мужчина. — Какое право вы имеете голословно обвинять человека в уголовном преступлении?

На экране возник титр: «Феликс Ключников, адвокат».

— И вообще, я не очень понимаю, мы собрались тут, чтобы почтить память гениального режиссера или задались целью облить грязью его последнюю любовь? Любим мы говорить о Боге, а разве это по-божески?

— В самом деле, — состроил постную мину ведущий, которого явно не интересовал гениальный режиссер, зато чрезвычайно интересовали любые скандалы. Что ж, это его работа.

— И еще... — продолжал адвокат. — Почему, собственно, вы не пригласили в студию саму Карину Георгиевну? Создается впечатление, что все собрались здесь с одной-единственной целью — перемыть ей косточки, облить ее грязью...

— Мужчина, что вы такое говорите! — истошно завопила толстая тетка из публики, эдакая профессиональная обличительница. — Кому на фиг нужно что-то там ей перемывать! Слышали же, она на похоронах мужа даже не плакала, разве это по-божески?

— Человек, убитый горем, зачастую не может заплакать... — произнесла одна пожилая актриса, снимавшаяся в молодости в Лёнином фильме.

— Да ладно! — вмешалась опять Четырежды Бывшая. — Знаю я ее, она просто холодная расчетливая дрянь! Рассчитывала, что Корецкий снимет ее в кино. А он, видимо, не хотел, не любил снимать непрофессионалов, а зазря жить со стариком неохота...

— Извините, вы все-таки настаиваете на версии преднамеренного убийства? — опять подал голос адвокат Ключников.

— Да! Настаиваю!

— Вы заявляете об этом на всю страну. И вы не боитесь, что вдова может подать на вас в суд за клевету?

— Не боюсь! Пусть подает! — как будто даже обрадовалась Бывшая. Ну еще бы, какой для нее, Бывшей, пиар!

— У Леонида Дмитриевича было больное сердце, а девка молодая, красивая, его и травить не надо было, небось просто перестарался в постели, — брезгливо скривив тонкие губы, проговорила супруга номер четыре.

Она ненавидела меня с особой страстью, ибо Лёня ушел от нее ко мне. Я даже понимаю ее.

— А все-таки, почему вы не пригласили на передачу Карину Дубровину? — повторил свой вопрос адвокат.

— Карина Георгиевна категорически отказалась! — заявил ведущий, как-то слегка замявшись. И глазки у него при этом забегали.

— А зачем ей сюда приходить, на всю страну позориться, она вот вас сюда прислала, скорее всего вы просто ее любовник! — высказалась супруга номер один.

Адвокат рассмеялся:

— Увы, к моему величайшему сожалению, я не только не являюсь любовником госпожи Дубровиной, но я даже не знаком с ней!

— Тогда чего вы так ее защищаете? — вызверилась на него супруга номер один.

— Сударыня, я адвокат, юрист, я уважаю закон, а следовательно, всегда помню о презумпции невиновности, а все ваши обвинения иначе как клеветой я назвать не могу!

— Коллега прав! — вставил слово молчавший до сей поры знаменитый адвокат. — Все это напоминает бабий шабаш на коммунальной кухне, уж извините!

И они ушли на рекламу. Тут же зазвонил телефон.

— Каринка, кто этот Ключников? Ты его знаешь? Какой мужик!

— Да первый раз вижу!

— Нет, правда?

— Конечно, правда.

— Обалдеть! Неужто просто нашелся там порядочный человек? Как-то слабо верится... А может, он хочет раскрутить тебя?

— Раскрутить?

— Ну, я не так выразилась, может, он добивается, чтобы ты подала иск, а он стал бы твоим адвокатом и на этом раскрутился сам?

— Да ну... Ерунда. И к тому же я вовсе не собираюсь подавать иск! Еще не хватало! Представляешь, сколько вони будет?

— Это да... И чего им неймется?
— Слушай, Тонь...
— Ой, реклама кончилась! Будешь смотреть?
— Да уж, досмотрю, черт бы их всех подрал!
— Кроме Ключникова!

Но дальше шабаш пошел на спад. В студии появился оператор, снявший два последних Лёниных фильма, Игорь Тимьянчик. Он сразу заявил:

— Я не буду говорить о Лёниных женщинах. Это разговоры для кухни. А тут все-таки не кухня. Я лучше расскажу вам, как мы с ним работали...

Несколько минут его заинтересованно слушали, а потом Четырежды Бывшая не выдержала:

— Так почему же все-таки, по-вашему, он так внезапно умер? — все это говорилось с ядовитой ухмылочкой.

— Почему умер? — разозлился Игорь. — Потому что не умел щадить себя, потому что жил и работал на всю катушку и жену свою последнюю тоже любил на всю катушку! Но самое интересное заключалось в том, что и она его любила на всю катушку!

— В том-то и беда! — заметила супруга номер три.

— Рита, тебе не стыдно? — поморщился Игорь. — Хотя тебя даже можно понять... Тьфу, и зачем я сюда пришел? До свидания, господа, вы тут не великого человека вспоминаете, а копаетесь в грязном белье!

И он ушел. Молодец, Игорь!

Кто-то еще пытался сказать что-то о Лёне, но опять не был услышан.

Однако все когда-нибудь кончается. Я сидела застыв. Слез не было. Даже злости не было. Только навалилась жуткая усталость. Не было сил даже пошевелиться. Звонил телефон. И городской и мобильный. Но я не подходила. Не хотела выслушивать соболезнования, ахи и охи, призывы не оставлять это без внимания, подать в суд... Не хочу! Ничего не хочу! Скайп тоже стал подавать сигналы... Не хочу! Позвонили в дверь. Наверняка кто-то из соседей. Не открою! Затаюсь! И вдруг в дверь стали барабанить!

— Карина, открой! Не откроешь, я сломаю дверь!

Я узнала голос Тонькиного мужа. Этот и впрямь может сломать дверь. Пришлось встать и открыть. Кирилл влетел в квартиру, за ним зареванная Тонька.

— Ты чего к телефону не подходишь? Мы уж невесть что подумали! — накинулся на меня Кирилл. — Тонька ревет, думает, ты тут с собой покончила!

— Я? Из-за этих? Не дождутся! — вдруг вскипела я. — Вы на машине?

— Да, а что?

— Поехали!

— Куда?

— Куда-нибудь, где можно спокойно выпить!

— А может, в Дом кино? Пусть видят...

— Ну нет! А впрочем, не надо никуда ехать! Выпить лучше дома!

— И это правильно, Каришка! — одобрил меня Кирилл.

— Пошли на кухню, я чего-нибудь соображу...

— А давай просто испечем картошки? У тебя селедка есть?

— Тонька, ты мудрая! Это ж самая любимая Лёнина еда! Ой, а водки у меня и нет, я на днях отдала соседям...

— Не страшно, пока картошка печется, я смотаюсь в магазин! — вызвался Кирилл. — Может, надо еще что-то прикупить?

— Кир, купи пирожных, — взмолилась Тонька. — Или лучше тортик, если есть «Тирамису»! Обожаю! Только глянь, чье производство...

— Да знаю я! Только, девки, картошка, тортик, завтра ныть не будете, что калорий много?

— Не будем!

— Тогда я пошел!

— Тонь, как хорошо, что вы приехали...

— Знаешь, Кирюха так плевался... Наорал на меня, зачем ты, идиотка, эту пакость смотришь...

— Хороший он у тебя...

— В общем и целом да, очень хороший. А мне вот этот Ключников понравился. Красоты никакой, но морда приятная, и умный вроде...

— Если такой умный, чего пришел на это пакостное действо?

— Тебя защищать!

— Да не меня защищать, а себя пиарить...

— Но он же, факт, тебя защищал!

— Да ну... Просто решил выделиться на общем фоне...

— Значит, не дурак! Знаешь, мне почему-то кажется, что он скоро на тебя выйдет...

— Предлагать свои услуги по защите моих интересов? Обломается! Нет у меня никаких интересов. Только один — чтобы обо мне забыли. Слышал бы Лёня, что они обо мне говорят...

— Слушай, а у тебя в институте как-то на все это реагируют?

— А ты как думала? Хорошо, пока хоть оргвыводов не делают.

Тут вернулся Кирилл:

— Ну что, девки, накатим? Говорят, в советские времена был популярный тост «За нас с вами и х... с ними!». Предлагаю вспомнить его в связи с сегодняшним шабашем! За нас с вами, девки, и х... с ними!

— Поддерживаю! — засмеялась я. — Между прочим, это был любимый Лёнин тост.

— Я присоединяюсь к предыдущим ораторам, — заявила Тонька, — но предлагаю еще дополнение: чтоб им пусто было!

— Ура! — закричал Кирилл. — Каринка, ты понимаешь, почему я женился на Тоньке? Она всегда со мной на одной волне, а это, я считаю, в браке самое ценное!

— О да! — согласилась я. — Эти глупые злобные бабы просто не понимают, что мы с Лёней с первой минуты существовали на одной волне...

Я тогда училась в аспирантуре, мне было двадцать пять, казалось, впереди вся жизнь и непременно счастливая. Я получила на истфаке диплом с отличием, мне предложили место в аспирантуре, практически без всяких усилий с моей стороны. Моим научным руководителем был Матвей Исаевич Шульман, замечательный историк и чудесный человек. Его жена, Мелания Львовна, преподавала на филфаке романские языки. Их единственная дочь умерла от неизлечимой болезни легких в возрасте шести лет, и они оба относились ко мне с огромной нежностью. Приглашали на все семейные праздники. И вот однажды...

Однажды к ним на дачу приехали их старые друзья, крупный физик, работающий и живущий в Англии, и знаменитый кинорежиссер Леонид Дмитриевич Корецкий. Мне нравились его фильмы, в которых всегда была бездна юмора, хотя он вовсе не был комедиографом. Ему было пятьдесят, но выглядел он прекрасно. Подтянутый, элегантный, с блестящими глазами. Он сразу взялся жарить шашлыки. Меня, как самую молодую, отправили ему помогать, быть, что называется, на подхвате.

— Лук нарезать барышня в состоянии?
— Вполне!
— Тогда советую смыть реснички, лук злющий!
— Ну вот еще! Я просто надену очки и подержу луковицы в холодной воде.
— О! Вам часто приходится резать лук?
— Да нет, просто учитываю горький опыт.
— Вы, значит, Мотина аспирантка... А вы замужем?
— Была. Полгода.
— И что? Он оказался негодяем?
— Нет. Просто я чуть не сдохла от скуки.
— А зачем выходила?
— Сдуру!
— Вот и я... Четыре раза женился и все сдуру...
— Выходит, мы товарищи по несчастью? — засмеялась я.
— Выходит так, дорогой товарищ Карина! А отчество у тебя какое?
— Георгиевна!

— Живёшь с родителями?

— Нет. Отец умер, а мама с дедом живут в деревне.

— В деревне? Ты из деревенских, как-то слабо верится...

— Да нет, просто у мамы здоровье неважное, а мой дед прекрасный врач, но он уже не практикует, они купили дом в деревне и живут... Даже козу завели. Красивая такая коза, Марфуша!

— Какая прелесть! Коза Марфуша... Надо же... А куры у них есть?

— Нет. Только Марфуша и два кота, Бегемот и Азазелло.

— Кто у вас такой поклонник Булгакова?

— Мама!

— А ты?

— А я не очень.

— Почему?

— Ну, если речь идёт о «Мастере и Маргарите», то я обожаю всё, что связано с Иерусалимом и Иешуа, а вот вся эта чертовня... Как-то не моё...

Он очень пристально на меня посмотрел:

— Да? И ты не стесняешься об этом говорить?

— А почему я должна подстраиваться под общепринятые стандарты?

— Ого! А при этом ты еще и красивая... Я сразу-то не разглядел... А такая красота самая ценная. Когда не шибает в глаза... А ты была в Иерусалиме?

— Была.

— Впечатлилась?

— В полной мере. А вы почему спросили? Думали, я непременно скажу, что нет, не впечатлилась?

Он расхохотался:

— А ты еще и умная... Надо же... Скажи, а ты видела хоть один мой фильм?

— По-моему, я видела все ваши фильмы и, предваряя дальнейшие вопросы, скажу, что мне особенно в них нравится...

— Ну-ка, ну-ка?

— Чувство юмора у автора. Я не люблю фильмы, у автора которых напрочь отсутствует чувство юмора.

— Например?

— Тарковский!

— Ну, ты даешь! Я всегда тоже так определял для себя впечатление от его фильмов. Он, конечно, великий мастер, но не мой... Черт побери, как интересно с тобой... Ох, а ничего, что я говорю тебе «ты»?

— Ничего. В вашем возрасте это уже допустимо.

— Ах, мерзавка, — расхохотался он. — Да, такой палец в рот не клади!

Тут к нам подошла Мелания Львовна:

— Лёня, как тут у вас дела?

— Все путем, Мелечка! У твоего мужа классная аспирантка!

— Лёня, не вздумай!

— А я уже вздумал! Я таких сроду не встречал!

— Карина, не слушай его! Он страшный бабник, и вообще тебе в отцы годится! Пошли, он уже без тебя обойдется, а мне твоя помощь необходима.

Она обняла меня за плечи и повела к дому:

— Деточка, я, конечно, понимаю, Лёнька очень привлекательный, но нельзя... Он четвертый раз женат...

— Да что вы, Мелания Львовна, я и не думала. Он и вправду мне в отцы годится.

Но я лукавила. Он мне страшно понравился. Но нельзя подавать людям повод к каким-то мыслям на этот счет. Мало ли что бывает в компании. Это просто невинный флирт и только.

Как потом рассказывал Лёня, он тоже решил затаиться и вел себя весь вечер так, словно ничего и не было. Но в какой-то момент вдруг сунул мне в руку записку. Когда я, запершись в туалете, ее развернула, то увидела такой текст: «Это мой телефон. Позвони завтра от 16 до 18. Если не позвонишь, я все равно тебя найду. И ты все равно не отвертишься!»

Я была в восторге! И подумала, не буду звонить, пусть ищет. Но потом сообразила, что искать меня он станет через Матвея Исаевича, а это уже огласка... Лучше позвоню сама. И позвонила.

— Здравствуй, девочка!
— Здравствуйте, дяденька!
— Хочу тебя видеть!
— Какие будут предложения?
— А пошли завтра утром в зоопарк?
— В зоопарк? С восторгом! Только в террариум не пойду!
— Еще чего! Мы и так живем в террариуме. По крайней мере я. Тогда завтра в десять утра у входа в зоопарк. Смотри, не опаздывай!
— И не подумаю!

Я пришла без пяти десять. Он появился минута в минуту.

— Уже ждешь? Я не опоздал!

— А я боялась опоздать.

Он купил билеты, и мы отправились в зоопарк.

— Ну, с чего начнем?

— Пошли к хищникам!

— Пошли! Скажи, — он взял меня под руку, — тебя не удивило, что я позвал тебя в зоопарк?

— Меня это обрадовало. Я люблю животных.

— А умеешь доить Марфушу?

— Нет. Она мне не позволяет. Дается только маме.

— А эта деревня далеко?

— Сто пятьдесят километров.

— Ты часто там бываешь?

— Нет, не получается. Времени не хватает. Да я и не люблю деревню. Я городской житель. Я и дачу не люблю.

— И машины у тебя нет?

— Нет. Зачем? И вообще, чем меньше собственности, тем лучше.

— И какая у тебя собственность?

— Однокомнатная квартира. С меня хватит.

Мы долго бродили от вольера к вольеру, говорили о каких-то пустяках.

— Леонид Дмитриевич, я хочу мороженого!

— Мороженого? Здорово! Я тоже хочу! Пошли поищем!

Мы съели по стаканчику мороженого.

— Мне не понравилось, — каким-то шутливо-капризным тоном сказал он.

— Знаете, где самое вкусное мороженое?

— Где?

— В ГУМе!

— Да?

— Да!

— Поехали!

— Куда? В ГУМ?

— Не совсем! Там есть кафе, где можно сидеть на Красной площади! Обожаю! И я накормлю тебя самым вкусным в мире тирамису!

— Вы сластена?

— Ужасный!

— А как же звери?

— Все должно быть в меру. А то озвереем! Пошли-пошли, у меня тут неподалеку машина.

Он уже тянул меня за руку к выходу.

Мы уселись на терраске, выходящей на Красную площадь. Он заказал кофе и тирамису.

— Как хорошо! Знаешь, мне так нравится, что Красная площадь утрачивает свой какой-то сакральный смысл. Теперь это просто красивая площадь в центре столицы, зимой здесь устраивают каток... Люди веселятся... Это все как-то очеловечивает достаточно мрачную историю этого места. И здесь теперь можно сидеть и пить кофе с девушкой, от которой у меня голова идет кругом.

— Молодой человек! — окликнул он официанта. — Принесите нам два мохито! Ой, я же не спросил, ты любишь мохито?

— Очень! Но вы же за рулем?

— Да что такое мохито? Смешно! К тому же гаишники меня почти всегда узнают.

Тирамису и в самом деле оказалось выше всяких похвал.

— Вкусно тебе?

— Супер!

— Слушай, а почему ты согласилась со мной встретиться? Потому что я Леонид Корецкий?

— Нет, не потому! Дело в том, что мне с вами легко и весело, несмотря на то что вы Леонид Корецкий и по возрасту годитесь мне в отцы.

— А ты стерва! Но восхитительная... А главное, умная. Выйдешь за меня замуж?

— Дура я, дура я, дура я проклятая, у него четыре дуры, а я дура пятая! — тихонько пропела я.

Он едва не свалился со стула.

— Какая же ты прелесть, Каринка! Ты вот сказала, что я тебе в отцы гожусь, так нет же, я гожусь тебе только в мужья. Я всю жизнь искал такую...

— И не больше и не меньше, да?

Он вдруг посмотрел на меня очень серьезно, взял мою руку, поцеловал каждый пальчик, потом ладошку.

— Знаешь, можно я буду звать тебя Марфушей?

— Потому что я коза?

— Нет, просто Карина — это как-то чересчур торжественно и недостаточно нежно, а Марфуша... так хорошо...

— Зовите Марфушей.

— Ты не думай, я так буду звать тебя только наедине.

— Годится! Лео и Марфуша!

— Лео? Ох, слушай, гениально! У меня есть прелестный сценарий о любви. Я мечтаю его когда-нибудь снять, там героев зовут совсем обыкновенно, Таня и Олег. А вот я назову их Лео и Марфуша... Все сразу приобретет совершенно иной вкус и аромат! Ты чудо, моя Марфуша! Ну, так ты согласна быть моей Марфушей?

И такая в его глазах была мольба, и такая нежность...

— Согласна, Лео!

— Тогда сейчас поедем в деревню к твоей маме! Знакомиться! И просить твоей руки!

— Первый мамин вопрос будет, разведены ли вы. А если вы соврете, дед сразу просечет.

— Значит, не едем сейчас в деревню?

— Нет. Мы едем ко мне, — нахально заявила я, мне не терпелось остаться с ним наедине. Он был невероятно привлекателен.

— Храбрая девушка, однако!

— Храбрая, поскольку давно не девушка.

Он расхохотался:

— Поехали, прелесть невозможная! Значит, тебя не смущает, что я старый, неразведенный и ни хрена в общем-то у меня нет после четырех идиотских браков?

— Да ни капельки! У вас есть самое для меня главное...

— И что же это?

— Ум, талант, чувство юмора... И мужское обаяние.

— Ни фига себе! Но у меня даже нормальной квартиры не будет после развода.

— Но у меня есть крыша над головой, а там будет видно.

— Обалдеть! Я люблю тебя, Марфуша!

На следующий день он объявил жене, что уходит, собрал свои вещи и перебрался ко мне.

Скандал в желтой прессе был нешуточный. Как только нас обоих не поливали!

— Вот что, Марфуша, надо удирать из Москвы, благо лето! Может, в деревню?

— Покоя не дадут! Лучше куда-то за границу. Добраться до нас будет труднее.

— Не смеши меня, папарацци куда хочешь доберутся... Скажи, а как ты относишься к рыбалке?

— Никак не отношусь. А ты что, рыбак?

— Обожаю! А давай уедем в лес, поставим палатку. Я буду рыбачить, а ты варить уху?

— Ох нет, варить уху я не умею, чистить рыбу терпеть не могу...

— То есть ты дитя цивилизации?

— Абсолютно!

— А я думал, ты романтичная Марфуша...

— Я предупреждала, что люблю город. И кормить комаров в палатке... фу!

— Понял! И коль скоро мне досталась такая охренительная молодая особа, я согласен на все, что угодно!

И в результате мы улетели в Иркутск, где жил его двоюродный брат Андрей. Он и его жена прекрасно нас приняли и первым делом повезли на Байкал. Там была такая красота, что я забыла обо всех своих урбанистических пристрастиях. Впрочем, Гуля, жена Андрея, тоже любила комфорт, и мы с ней поселились в гостинице, а наши мужья вовсю наслаждались рыбалкой. Добытую ими рыбу нам готовили на кухне гостиницы. Лёню там конечно же узнали, но вполне уважительно отнеслись к его праву на личную жизнь. С Гулей мы подружились. Она тоже увела Андрея от жены. И нам было о чем поговорить и посмеяться.

— Вот не думала, что Леонид все-таки уйдет от этой своей липучки!

— Почему липучки?

— А он тебе не говорил, как она к нему липла всю дорогу? На все съемки с ним таскалась, во все экспедиции. Он ей запрещал, уезжал без нее, а она все равно заявлялась, понимая, что выгнать ее при всей группе он не посмеет. Она буквально не давала ему дышать...

— Да? А между прочим, к Шульманам он приехал без нее.

— Удивительно! Значит, у нее возникли препятствия неодолимой силы, не иначе! Могу себе представить, как она сейчас кусает себе локти...

— Гуля, а ты всех его жен знаешь?

— Нет. Откуда? Мы ж с Андреем всего два года как поженились...

Мы пробыли там десять дней и вернулись в Москву.

— Марфуша моя... Я так благодарен тебе!

— За что?

— За то, что не мешала жить там, на Байкале... Я был там счастлив, как никогда прежде. Эта фантастическая природа, рыбалка и ты... Что еще человеку надо?

— Этому человеку еще надо снимать кино, насколько я понимаю, да?

— Ты все правильно понимаешь.

А вскоре ему выделили деньги на новый фильм. Он назывался «Марфуша и Лео»! И получил Гран-при на «Кинотавре» и потом «Серебряного Льва» в Венеции. Критики писали, что это его лучший фильм. Но он оказался последним...

Я опасалась, что в институте будет много разговоров по поводу телепередачи, но, похоже, у нас слишком интеллигентная публика, чтобы смотреть эту пакость, или же слишком деликатная и стыдливая, чтобы говорить об этом вслух. А студентам это все и вовсе неинтересно. Хотя в соцсетях и поднялась буча. Но мало-помалу все стало стихать. А однажды вечером...

Раздался звонок домофона.

— Кто там?

— Карина Георгиевна?

— Да?

— Это Антип Корецкий, слыхали про такого?

Антип — Лёнин сын от первого брака. Я не была с ним знакома. Что ему понадобилось?

— Что вы хотите?

— Мне необходимо с вами поговорить! Но не объяснять же все по домофону.

— Хорошо, открываю!

У меня возникло какое-то неприятное чувство. Зачем он явился? С отцом никаких связей не поддерживал, хотя Лёню это мучило. Ему было уже под тридцать.

Это оказался довольно привлекательного вида молодой мужчина, небрежно одетый, впрочем, небрежность была нарочитая, так сказать, художественная.

— Здравствуйте, будем знакомы. Антип! Вот наградили имечком предки!

— А по-моему, прекрасное имя. По крайней мере не избитое. Заходите, Антип! Хотите кофе или чаю?

— Лучше кофе!

— Хорошо. Идемте на кухню!

— Ого! А нехилую квартирку вам папашка оставил!

— Должна вас разочаровать, ваш отец не оставил мне практически ничего. Его многочисленные жены ободрали его как липку. Он пришел ко мне в однокомнатную квартирку. А эта квартира досталась мне в наследство от моей тетки, примабалерины Большого театра и заодно любовницы крупного деятеля Моссовета. Так что претендовать вам тут не на что!

— Господи помилуй! Я и не собирался ни на что претендовать, господь с вами!

— Тогда что привело вас ко мне?

— Честно?

— По возможности!

— Меня привел сюда стыд.

— Стыд? — поразилась я.

— Да. Стыд. И еще отчасти любопытство.

— Ну, любопытство — вещь понятная, а вот стыд... За что?

— За мать! Я видел эту жуткую передачу и чуть не сгорел со стыда. И приношу вам свои извинения!

— Невероятно! Но вы-то здесь при чем?

— Я все-таки ее сын...

— Ну, а что вызвало ваше любопытство?

— А захотелось посмотреть на женщину, вызывающую столь бурные эмоции у стольких баб. А почему вы не пришли на программу?

— Начнем с того, что меня туда не звали, это во-первых, а во-вторых, я вообще на такие сборища не хожу. И смотреть бы не стала, но меня подруга буквально заставила. А вы зачем смотрели?

— Мама потребовала. Меня, мол, будут по телевизору показывать... Ну, я ей потом сказал все, что думаю по этому поводу. Простите еще раз!

— Ладно. Прощаю.

— Но все-таки один приличный человек там нашелся. Этот адвокат... Он ваш знакомый?

— Да я никогда даже о нем не слышала. Пейте кофе. Может, хотите молока?

— Да нет, спасибо. А кофе у вас хороший. И вообще...

— Что?

— Кажется, я понимаю отца. Посмотрел я на всех этих его баб скопом... Тьфу!

И он улыбнулся. Улыбка была Лёнина.

— А вы похожи на отца, Антип.

— Да? Возможно.

— Скажите, а почему вы не желали с отцом общаться?

— Да сперва по молодой дури. А потом... Я жил в Дании, пытался стать европейцем... А отец тем временем умер. Это грустно. Я тут недавно посмотрел все его фильмы. Талантливый был человек. С отличным чувством юмора. Жаль, что не успел с ним пообщаться уже будучи взрослым. Хочется побольше узнать о нем, но у кого? Мать все еще, через столько лет и через четыре жены, обижена на него... Вот я и решился прийти к вам. А вы подумали, я хочу оттяпать у вас жилплощадь?

— Согласитесь, Антип, что после такой программы подобная мысль вполне естественна...

— Пожалуй! — засмеялся он. — А скажите, Карина Георгиевна...

— Можно просто Карина.

— Спасибо. Так скажите мне... Вы явно умная женщина...

— Благодарю.

— Скажите, как мог отец, такой талантливый и остроумный человек, жениться на таких бабах? Ну, на матери он женился совсем молоденьким, она была красотка... А потом? И ведь еще три осечки... Как такое возможно, вы понимаете?

— Честно говоря, не очень. Но они все были красивыми, а Лёня был эстет... и плоть слаба...

— Но ведь они, похоже, непроходимые дуры...

— Знаете, я как-то об этом не думала. Мне было важно только то, что он выбрал меня. А что там было раньше... Думается мне, ваш отец к тому же был порядочным человеком и женился на всех своих... дамах.

— Да, может быть, — улыбнулся Антип.

— Антип, а чем вы занимаетесь?

— Я ветеринар.

— Как? Лёня мне говорил, что вы учились...

— Да, учился на сценографа, но бросил, мир зверей привлекал меня больше, чем театральный. Он как-то человечнее, что ли...

Я засмеялась:

— Да, пожалуй! Здорово!

— Знаете, я жил в Дании и работал там, но после того как в Копенгагене стали в зоопарке на глазах у детей убивать животных...

— Да, я помню этот ужас с жирафом...

— Я решил, что с меня хватит таких европейских ценностей. И сейчас я работаю здесь в ветеринарной клинике.

— Вы молодец! А вы не голодны? Могу покормить.

— Да нет, спасибо, не хочется. А у вас нет животных?

— Увы, нет. Я живу одна и...

— И много работаете. Я посмотрел в Интернете, вы преподаете историю... Историю чего?

— В результате я преподаю историю искусств. Меня Лёня буквально заставил... Он говорил, что история искусств куда менее подвержена политическим выкрутасам, нежели история человечества.

— Остроумная идея, вполне в духе Леонида Корецкого... — засмеялся он.

— Мне даже пришлось сменить тему диссертации, был скандал, Лёня чуть не рассорился с Шульманом, но я все-таки пошла на поводу у мужа и в результате начала писать новую диссертацию, но тут Лёня умер, и мне было уже не до научных

Екатерина Вильмонт

степеней. Да и кому сейчас нужны все эти диссертации, ну их...

— Карина, а не хотите взять собаку?

— Нет, собаку точно не хочу. С ней надо гулять в любую погоду...

— Есть собачки, с которыми не надо гулять.

— Это такие крохотульки? Нет, собака должна быть собакой, а не заместительницей кошки. Тогда уж лучше кошка! Но я часто уезжаю...

— Куда?

— Куда-нибудь... Меня часто тянет из дома, и я при первой же возможности смываюсь...

— Понял! Но если вдруг захотите, я всегда вас проконсультирую. Или, может, кому-то из ваших знакомых понадобятся услуги ветеринара... Я хороший врач!

— Верю! И буду иметь в виду.

— Знаете, я очень рад, что пришел к вам и познакомился... По крайней мере мое уважение к отцу, сильно поколебленное этой телепрограммой... Короче, хоть на старости лет человек сделал правильный выбор!

— Вон даже как!

— Да, кстати, я теперь называюсь не Антипом, а Анатолием.

— Господи, почему?

— А вы знаете, что Антипка — это прозвище черта?

— Знаю, конечно, но...

— А вот матушка моя не знала.

— Но отец не мог не знать.

— А для него это было приколом таким... Он иногда, когда у него выбиралось время для меня, звал меня чертушкой. А знаете, что меня подвигло сменить имя? Однажды на прием пришла старушка, принесла кота, но, увидав мой бейджик, вдруг схватила кота и закричала: «Не дам его тебе, нехристю!» Хотя Антип есть в святцах... Ну я и решил...

— А почему ж вы мне назвались Антипом?

— А вы бы, скорее всего, просто не поняли, кто к вам пришел.

— Вообще-то верно, — засмеялась я. — Но я все-таки буду звать вас Антипом, мне нравится это имя.

— Да ради бога! Ну я пойду уже...

— Заходите, Антип! Буду рада!

— Спасибо! Вот оставляю вам свою визитку.

И он ушел. Впечатление осталось приятное. Как жаль, что Лёня не общался с сыном в последние годы. Он был бы доволен.

Дня через два мне позвонили с телевидения:

— Карина Георгиевна, мы хотим пригласить вас на наше ток-шоу!

— Зачем это?

— Но тут получилось как-то... некрасиво... о вас говорили в основном в негативных тонах...

— Ну, судя по всему, это так и было задумано. А теперь вам понадобилась вторая серия? Нет, увольте!

— Но зачем же оставлять у публики столь негативное впечатление о себе? А тут вы бы выступили, и публика увидела бы вполне достойную образованную женщину...

— Знаете, мне наплевать на эту публику. Те, кто меня знает, были крайне возмущены вашей программой, предлагали даже подать в суд, но я просто не хочу мараться. И это мое последнее слово!

— Но, Карина Георгиевна...

— Я все сказала!

— И вы будете подавать в суд?

— Я не буду подавать в суд, я просто хочу поскорее забыть эту пакость. Все!

Нет, это поразительно, до чего они там бессовестные! То есть они знали, что я, как выразилась эта девица, вполне достойная женщина, и все-таки сделали эту программу... Я позвонила Тоньке и рассказала ей об этом разговоре.

— Ну и дура!

— Да почему?

— Надо было пойти, пусть бы все тебя увидели.

— Да знаю я, как они действуют, уж если взялись кого-то травить... Обязательно отыщут какую-нибудь полубезумную злобную соседку, и опять я же выйду мерзавкой. Сама, что ли, не знаешь?

— А вообще-то да! И как им не надоест к тебе цепляться?

— А это их работа. Та программа, видимо, собрала высокие рейтинги, еще бы, такой полив! Вот и решили сделать вторую серию. Все, Тонька, забыли! А ко мне, между прочим, после той передачи явился...

— Адвокат?

— Да нет, совсем уж неожиданно! Лёнин сын. Пришел извиниться за мамашу.

— Да ты что? С ума сойти. И как он тебе?

— Он мне понравился, хороший парень. И кстати, хороший ветеринар.

— В каком смысле?

— В прямом. Ветеринар, зверюшек лечит.

— Да ты что!

Как-то вечером я возвращалась после лекций и застала в подъезде совершенно дикую картину. На полу у лифта и на ступеньках лестницы валялись какие-то мужские вещи. Сверху доносились истошные женские вопли, и вниз наконец свалилась большая спортивная сумка. А лифт не работал. Консьержки тоже не было видно. Ага, кажется, понятно, какая-то баба в истерике выгоняет мужика и орет на весь подъезд. И тут сверху буквально ссыпался какой-то высоченный мужик и начал подбирать свои шмотки и запихивать в сумку, тихо матерясь. Мне стало его жалко. Он выглядел так шикарно и вдруг должен подбирать с полу свое барахлишко...

— Вам помочь? — спросила я.

Он как-то даже испуганно на меня взглянул. И виновато улыбнулся. Улыбка была чудесная.

— Если не трудно!

— Да что ж вы так все пихаете, давайте, вы подбирайте, а я все сложу аккуратно.

Я начала складывать вещи на широком подоконнике, сдвинув в сторонку три горшка с цветами.

— Ну надо же... Как ловко у вас получается... Хотя, если честно, хотелось бы уже навсегда покинуть этот подъезд! Кто вы, добрая самаритянка?

— Просто добрая самаритянка. И я ненавижу публичные скандалы!

— Поразительно! На третьем этаже какая-то тетка вдруг заявила, так тебе, кобелю, и надо!

— Допускаю, что так вам и надо, но форма уж больно вульгарная. Ну вот, теперь все в порядке.

— Вы чудо!

Он был высокий, не сказать чтобы красивый, но очень элегантный. На нем был короткий черный плащ, туго затянутый на талии поясом, а белая рубашка, выглядывавшая из-под плаща, была разорвана. Видно, мужику досталось. Я вынула из его сумки лежавший сверху шарф и протянула ему:

— Наденьте, у вас рубашка порвана.

— Благодарю, спасительница. Век не забуду!

— Забудете через пять минут.

— Послушайте, а давайте заедем в какое-нибудь кафе. Я умираю с голоду!

— Без меня!

— Но почему? Что тут такого?

— Вообще-то ничего, но я вовсе не хочу стать случайной жертвой вашей ревнивой дамы. Всех благ!

И я побежала вверх по лестнице. Хотя он мне понравился. Даже очень. Но, судя по всему, по виду, по манерам, он завзятый бабник, которому здорово досталось. Вероятно, поделом вору и му́ка. Но зачем связываться с бабами, которые так ведут себя? Даже интересно, помирится он с ней? Дурак будет, если помирится. А может, там любовь? И вдруг я подумала — как хочется еще раз полюбить кого-то... Но после Лёни это вряд ли получится. Слишком высокая была планка...

На другой день консьержка спросила меня:

— Карина Георгиевна, вы не знаете, что это такое? Я тут сегодня утром под ступеньками нашла.

— Это такая зарядка для телефонов. Внешний аккумулятор. Только он разбит. Тут вчера такое было...

— Да уж знаю, Лялька Зарубина мужика своего взашей выгнала! Видать, это его...

— Возможно!

— К ней потом «скорая» приезжала. Она вообще истеричка конченая.

— Ладно, Мария Дмитриевна, я пойду, а то на лекции опоздаю.

С Лялей Зарубиной я не была знакома. Но она не внушала мне симпатии. Разве можно так распускаться?

Еще через два дня я опять возвращалась из института.

— Здравствуйте, добрая самаритянка!

Передо мной стоял давешний изгнанник.

— Здравствуйте! Вас помиловали?

— А я не подавал прошения.

— Ждете амнистии?

— Боже упаси! Я просто был тут неподалеку по делам. И вот увидел вас из машины...

— И что?

— Просто захотелось еще раз поблагодарить вас за помощь.

— На здоровье!

— Скажите хотя бы, как вас зовут?

— Карина Георгиевна.

— А я Кузьма Филиппович.

— Кузьма? Хорошее имя! Всего вам доброго, Кузьма Филиппович!

— Погодите, Карина...

— Кузьма Филиппович, стоять тут с вами просто опасно. Ваша дама может невесть что подумать, а мне эти радости ни к чему. Всего вам доброго!

И я быстро вошла в подъезд. Надо же, Кузьма! Если б так сейчас пацана назвали, это было бы нормально, но вот лет сорок назад... Этого парня можно было только пожалеть. Воображаю, как его дразнили в школе. А он приятный... Манеры хорошие... Зато у его дамы манеры хуже некуда. Нет, минуй нас пуще всех печалей... Мало я натерпелась от бывших Лёниных жен и подруг... Хватит с меня. И я выкинула его из головы.

Больше он не появлялся.

— Карина? — Голос в трубке был знакомый, я только не могла сообразить, кто это.

— Простите...

— Не узнаешь? Немудрено! Образцов, помнишь такого?

— Господи, Сергей Павлович, какими судьбами?

— Да вот, приехал в Москву.

— Надолго?

— Да не знаю пока, может, и вообще останусь. Но очень надо повидаться.

Это был ближайший Лёнин друг, известный сценарист, последние годы живший в Германии.

— Как ты живешь, Каринка? Я вот слыхал, бабьё тебя травит? Черт знает что такое!

— Да я плевать на них хотела, хотя, должна признаться, иной раз так тошно бывает...

— Да я видал последнюю программу. Уму непостижимо!

— Да уж, но после нее ко мне пришел Антип.
— Антип? Зачем?
— Извиниться за мамашу.
— С ума сойти! А он разве в Москве?
— Да. Работает ветеринаром.
— Ветеринаром? Почему? Что за бред?
— Это его выбор.
— Как все интересно... Слушай, Каринка, очень нужно повидаться, есть важное дело.
— Дело? Какое?
— Не по телефону.
— Ну, может, приедете?
— Можно... Хотя нет, давай-ка лучше на нейтральной территории, так будет правильнее.
— Ничего не понимаю, Сергей Павлович!
— Давай в Доме кино?
— Ох нет, не хотелось бы.
— А, понимаю... Тогда в «Бавариусе». Ты пиво пьешь?
— Могу.
— Знаешь, где это?
— Знаю.
— Отлично! Тогда завтра в три часа, сможешь?
— Смогу.
— Буду рад тебя повидать!
— Я тоже!

Я терялась в догадках, что ему могло от меня понадобиться и почему он не захотел просто прийти ко мне? Может, у Лёни где-то завалялся какой-то его сценарий? Но тогда логичнее было бы прийти ко мне. Или он задумал написать что-то о Лёне или просто положить в основу сценария нашу историю? Да, скорее всего именно так. Ладно, посмотрим! Он был старше Лёни на три года, значит, ему уже шестьдесят один. Но он всю жизнь живет с одной женой, вполне славной женщиной, Ниной Владиславовной, она и уволокла его в Германию. Но в Москву, похоже, он приехал один, без нее. А может, он завел какую-то даму в Москве? Хотя какое я имею к этому отношение? Ладно, чего зря голову ломать. Завтра все узнаю.

...Сергей Павлович так изменился, что я с трудом его опознала. Он страшно похудел, но при этом не осунулся.

— Привет, Каринка! Выглядишь потрясающе! Ты не думай, что я смертельно болен, просто занимаюсь спортом, сижу на диете и еще куча всяких скучнейших историй. Но я здоров и бодр!

— Даму, что ли, завели, Сергей Павлович?

— Не без этого! — Он подмигнул мне. — Ну а ты? Никого не завела?

— Да нет, как-то после Лёни... Никто не нравится!

— Ну и зря! Жизнь так быстро пролетает, не успеешь оглянуться и... старость!

— А, я, кажется, поняла, почему вы позвали меня именно в «Бавариус». Дома Нина Владиславовна вам пива не дает, так вы решили тут оторваться?

— Умная женщина, никуда не денешься! Можешь вообразить? Ни пива, ни сосисок, ни рульки, ни-че-го! Такая тоска! А тут уж я оторвусь! Мне запрещают даже цветную капусту! Жуть!

— Сочувствую!

— Ты, верно, умираешь от любопытства, зачем я тебя позвал?

Я молча кивнула.

— На днях ведь было пятилетие Лёниной смерти. Так вот... Примерно за месяц до этой... короче, за месяц до смерти Лёнька приехал ко мне и сказал: «Дружище, я чувствую, что скоро помру, и потому у меня есть к тебе просьба. Я сейчас передам тебе сверток... Отдашь его Каринке через пять лет после моей смерти. А если сам не доживешь до этой чудесной даты, попроси Нинку...» Ну, я спросил, что это? Он ответил, что это его дневники последних двух лет, почти целиком посвященные Каринке. «Я не хочу, чтобы она это читала так сказать по свежим следам...» Ну, я спросил, а что же там такое... Но он только улыбнулся и развел руками. Вот! — Он достал из портфеля завернутый в плотную коричневую бумагу пакет. — Я этого не трогал, видишь, тут Лёнькин фирменный узел...

У меня дрожали руки, сердце билось где-то в горле. Мне было безумно страшно. Что меня ждет, что я узнаю из этих дневников?

— Сергей Павлович, и вы... из-за этого приехали?

— Ну, это было главным... А вообще просто хотелось повидать Москву, знакомых, меня еще пригласили на «Кинотавр»... Каринка, не трясись, возьми себя в руки! Думаешь, Лёнька написал там о тебе какие-нибудь гадости? Ерунда! Он любил тебя без памяти! Знаешь, мы иногда сидели с ним, и он вдруг ни с того ни с сего вздыхал эдак тяжко и говорил: «Господи, Серега, если б ты знал, как я люблю Каринку... Я даже не думал, что может быть такая женщина, в которой нравится абсолютно все, абсолютно!»

Я едва удержалась, чтобы не расплакаться. Мне в нем тоже нравилось абсолютно все! Разумеется, кроме выводка его бывших жен.

Я еле дождалась конца обеда, сердечно поблагодарив Сергея Павловича, поймала такси и помчалась домой, хотя мне и пешком было недалеко и на троллейбусе вполне могла бы доехать.

Я схватила ножницы и разрезала толстую бечевку. В пакете лежали две толстые тетради. Одна черная, а вторая зеленая. Я открыла черную. У Лёни всегда был не слишком разборчивый почерк.

Сперва строчки расплывались перед глазами. Было страшно. Я полистала тетрадь, но потом решила начать с самого начала и ничего не пропускать.

«Как страшно! Я вчера встретил девушку... Именно такую, какая мне нужна. Я понял это, обменявшись с ней всего несколькими фразами. Ничего не значащими, собственно, вполне пустыми фразами... Мне так хочется говорить с ней обо всем, она умница, независимая, с прекрасным чувством юмора... Словом, мечта! И имя у нее красивое — Карина! Но ей всего двадцать пять. А мне вдвое больше. И я четвертый раз женат, черт бы меня побрал. А что я могу предложить такой девушке, кроме себя самого? И все-таки... Я почему-то надеюсь. Я дал ей свой телефон. Позвонит — счастье! Не позвонит... Попробую пережить.

Позвонила! И я назначил ей встречу... в Зоопарке! Она, кажется, даже не удивилась, а обрадовалась...

Три дня не писал. Просто не мог! Я счастлив так, как никогда в жизни! Она моя! Она сама захотела быть моей и говорит, что тоже счастлива... Я схожу с ума от моей Марфуши! Но боже, какой скандал пришлось выдержать, когда я объявил, что ухожу! Истерики, угрозы... Пришлось оставить абсолютно все, еле-еле удалось одежонку выцарапать. А Марфуша только смеется, ты, мол, мне и такой сгодишься... Ничего, все, что нам надо, сами наживем! Надо заметить, запросы у нее небольшие, скромные... но я могу говорить с ней абсолютно обо всем, просто удивительно... Современная девушка двадцати пяти лет, а так прекрасно образована, у нее такой точный и безукоризненный вкус. А при всем том она еще и в постели абсолютно моя женщина... Неужели так бывает? Я часто думаю, что такое счастье долговечным быть просто не может... Или она бросит меня, встретит молодого красивого парня... Я вижу, как они на нее смотрят. Хотя она не из таких, она скорее декабристка... Но я могу умереть... Да, так скорее всего и будет, хотя я чувствую себя превосходно, я молод душой и даже телом... она любит мое тело, и я верю ей... Или просто хочу верить? А, ладно, сколько мне отпущено этого сумасшедшего счастья, столько и буду им упиваться. А может, Господь, увидев такую любовь, сжалится и даст нам еще пожить вместе? На это и уповаю!

На днях ездили с Марфушей к ее маме и деду. Мама встретила меня настороженно, я бы даже сказал, испуганно. А вот дед — радостно! Чудесный старик, настоящий русский интеллигент, таких почти уже не осталось. Сказал, что любит мои фильмы, и явно не врал... Приятно, черт возьми! А как моя Марфуша меня им представила! Это восторг! Мы вошли на маленькую терраску. Мать и дед уставились на меня недоуменно, она их не предупредила. Вошли, и Марфуша вдруг заявляет: «Мама, дед, позвольте вам представить моего мужа, не ахайте, это мой муж, безумно любимый и любящий, я сама его выбрала, разница в возрасте, конечно, солидная, но когда любовь, это роли не играет! Вот как-то так! Да, если кто не знает, это наш знаменитый кинорежиссер Леонид Корецкий! Я увела его от четвертой жены, у него ни хрена нет, кроме огромного таланта, так что о браке по расчету речь не идет! Потому что сами знаете, что у меня тоже ни хрена нет, кроме однушки! Вот теперь все, прошу любить и жаловать!»

Мамаша поджала губки, а дед весело расхохотался:

— Ты, Каришка, значит, та самая «дура пятая» из частушки?

— Именно, дед, именно! — обрадовалась Марфуша. — Я уж и сама ему эту частушку спела!

Господи, как я люблю ее! Как последний дурак!

Давно не писал, был занят страшно, да и о чем писать, если счастлив с утра до ночи и с ночи до утра? А писать здесь о делах неохота. Да и зачем, если я могу все, абсолютно все обсудить с моей Марфушей? Она такая умница, всегда готова дать совет, и всегда дельный, просто на удивление.

Вчера я чуть не умер от ревности, старый дурак. Были с Марфушей в Доме кино, после просмотра знаменитого, но, на мой и Марфушин вкус, погано-претенциозного фильма, к ней вдруг в ресторане стал липнуть какой-то питерский писатель, красивый мужик лет тридцати. Оказалось, ее старый знакомый. Она с ним весело общалась, даже кокетничала, а я был готов просто его убить. Но она, чудесная, чуткая, поняла, что со мной творится, и мгновенно отшила наглеца и захотела сразу уйти. А когда пришли домой, она вдруг обняла меня и сказала: «Какой же ты дурак! Да мне же сто лет ни один мужик не нужен, кроме тебя!» Хотя я ни звука ей не сказал... Она вообще читает меня, как книгу... На днях я пришел домой расстроенный и усталый. Отвык жить без машины. А женушка № 4 не отдала мне мою. Вхожу в квартиру, а Марфуша вдруг заявляет:

— Лёнь, пора покупать машину! Мне тетя Феля колечко отдала, я его оценила, на приличную «тойоту» хватит! Поедем прямо сейчас покупать!

Я рассердился, обиделся, еще не хватало мне на ее колечки тачку покупать! Возмутился.

А она смеется:

— Да это тетя Феля решила тебе подарить машину, но она в них ничего не понимает, вот и дала мне колечко, чтобы я его или продала, или заложила... Ты же знаешь, как тетя Феля тебя обожает и все твердит — негоже такому знаменитому режиссеру без машины...

— Ничего, — отвечаю, — знаменитый режиссер пока обойдется! А вот получу гонорар, тогда и купим. А колечко ни за что не возьму!

И не взял! И заставил ее колечко это носить. А машину через два месяца и впрямь купил. «Шкоду-фелицию» в честь ее тетки Фелиции Константиновны. А через полгода тетка эта умерла и завещала Марфуше свою роскошную квартиру на Остоженке. Царствие ей небесное!

Вот уже почти год не брал в руки дневник. Но сейчас Марфуша уехала на три дня в Питер на какую-то искусствоведческую конференцию, вот и вспомнил о дневнике. Я без нее просто чахну... Она предлагала поехать с ней, но у меня не получилось. И вообще, пусть девочка побудет на свободе. Приятели позвали выпить пива. Пошел. Зачем? Чуть не помер от злости! Эти разговоры... И скучно, грустно, и хочется морду набить в минуту душевной невзгоды. Я вообще могу существовать или в непрерывной работе, или с моей Марфушей. Хотя нет, даже целиком погруженный в работу я все время помню, что у меня есть Марфуша. Каждую свободную минутку или звоню ей, или пишу эсэмэски. А возвращаюсь домой, обязательно заглядываю ей в глаза, а там всегда любовь... даже если ей вдруг нездоровится или она чем-то расстроена. Неужели так бывает? Я хотел бы написать сценарий о такой любви, но это будет так скучно посторонним... Завидно и скучно. Но нам-то с ней никогда не бывает скучно!

Тут на днях встретил в Доме кино свою третью жену. Боже, с какой насмешкой она на меня глянула и говорит: «Что-то ты неважно выглядишь, Лёнечка! Это что, тебя молодая бабенка заездила? Так тебе и надо, кобель окаянный!» Я только засмеялся ей в ответ. Да я вообще перестал замечать других женщин. Все равно лучше моей Марфуши нет.

Ездили с Марфушей на Новый год в Израиль. Остановились в маленькой гостинице недалеко от моря. И хотя и у нее и у меня там есть знакомые, но мы решили, что не будем никому объявляться.

Взяли машину напрокат, съездили в Иерусалим. А тридцать первого зарядил такой дождь, что ни неба, ни моря не видно. Марфуша вдруг схватила зонтик и говорит:

— Я сейчас.
— Куда?
— Семечек купить!
— С ума сошла?
— Нет! В такую погоду только семечки грызть! Знаешь, какие тут семечки! — Глаза блестят и никакими силами ее не удержишь.

— Ладно, беги! — Убежала. И минут сорок ее нет. Я уж начал волноваться, здесь до ближайшего магазина от силы три минутки медленным шагом. И тут возвращается. Мокрая насквозь, джинсы выше колен мокрые и с двумя большущими пакетами.

— Ненормальная, что ты накупила!
— Все! Никуда не пойдем, будем Новый год в номере встречать!

Она накупила всяких вкусных вещей, фруктов, даже яблочный тортик и, разумеется, семечек! Они оказались на удивление вкусные. Крупные серые с солью. Мечта. И мы полдня как два идиота сидели, грызли семечки и пялились в телевизор. Время от времени смотрели друг на друга, хохотали и начинали целоваться.

— Лео, тебе хорошо?

— Невероятно хорошо!

Но вечером она аккуратно убрала все следы подсолнухового безобразия, изящно, по мере возможности, накрыла стол и мы встретили Новый год. Среди прочей снеди там были и дивные соленые огурчики, но у нас от семечек так распухли языки и губы...

— Ой, Лёнечка, а как же мы будем целоваться?

— Мне лично это не помешает! — заявил я.

— Давай попробуем, а то у меня большие планы на эту ночь!

Но ничто не помешало этим планам осуществиться.

А утром в окно светило яркое солнце, море было ярко-синим с белыми барашками...

— Это был лучший Новый год в моей жизни! — сказала, потягиваясь, Марфуша.

— В твоей еще короткой жизни. И в моей уже такой длинной тоже!

А потом, после завтрака, мы вышли на набережную и решили идти пешком в Яффо. Было тепло, градусов восемнадцать. Мы шли вдоль моря, до нас долетали соленые брызги, и на прибрежных камнях грелись местные кошки в огромном количестве. Марфуша радовалась как ребенок.

— Смотри, видишь, у многих ушки подрезанные?

— Почему?

— А тут бездомных кошек стерилизуют. И метят ушки, чтобы второй раз не отлавливать животинку!

— Я третий раз в Израиле, а таких подробностей не знаю!

— Ну еще бы! Ты же, как у нас любят выражаться, «творческая личность», где тебе интересоваться бездомными кошками, ты тут все больше о высоком думал, правда, Израиль к этому располагает, а я вот тебя на грешную землю спустила — семечки, кошки...

— Если б ты знала, как мне хорошо на грешной земле!

— Кажется, да, и что, совсем не хочется воспарять?

— Только вместе с тобой!

— Это в смысле — муж и жена — плоть едина?

— Ты хулиганка, Марфуша.

— Но ты ведь меня за это и любишь!

Тут мы увидели идущее нам навстречу ортодоксальное семейство — мужчину в лапсердаке и черной шляпе, женщину в парике с выводком ребятишек. Я потянул Марфушу к скамейке, крепко прижал к себе и стал целовать.

— Хулиганство заразно? — шепнула она и очень фривольно закинула ногу мне на колени.

Ортодоксальное семейство поспешило пройти мимо.

А мы пошли дальше. Навстречу нам попался еще один ортодокс. Только этот был веселый! Он катил перед собой коляску с двойняшками, а сам ехал на роликах. И помахал нам в знак приветствия и крикнул по-русски: «С Новым годом!» Это было так забавно и мило, что просто просилось в кадр.

— Клевый был бы эпизод, скажи? — спросила Марфуша.

Как она чувствует меня!»

Больше я читать не смогла, меня душили слезы. Я так ясно вспомнила залитую январским солнцем набережную и свое ощущение огромного невероятного счастья... Я не буду больше читать эти записи! Потому что отчетливо понимаю, что больше такого в моей жизни не будет, а мне всего-то тридцать три и надо жить. Как-то жить без любви. Без такой любви. А ведь я чуть было не заинтересовалась этим Кузьмой... Хотелось бы знать, зачем Лёня прислал мне эти дневники с того света? Это что, попытка объяснить мне, еще живой, что такой любви, такого счастья у меня в жизни больше не будет и пытаться незачем? Нет, этого быть не может. Он в последний год говорил мне не раз: «Когда я умру, ищи новую любовь, не оглядывайся на прошлое, это бессмысленно, да, она будет другая, эта новая любовь, ну и пусть, так куда интереснее...» Или он просто лукавил?

Я взяла обе тетради, завернула в ту же бумагу, завязала шпагатом и положила на антресоль.

Зазвонил домашний телефон.

— Алло!

— Карина Георгиевна?

Незнакомый мужской голос.

— Да, я.

— Карина Георгиевна, это адвокат Феликс Ключников. Вам что-то говорит мое имя?

— Совершенно ничего.

Пусть не думает, что я видела эту пакость!

— Я так и думал! Карина Георгиевна, дело в том, что я недавно абсолютно случайно попал на телепрограмму, где совершенно недопустимым образом и в недопустимом тоне полоскали ваше имя.

— И что?

— Знаете, я адвокат с опытом, многое видел, но такого змеюшника не ожидал.

— Да, мне говорили, что какой-то адвокат там за меня вступился. Это были вы?

— Да. Я. Дело в том, что моя мать работала вторым режиссером на трех картинах вашего покойного мужа...

— Как зовут вашу маму?

— Ирина Васильевна Шмелева.

— Боже мой! Я помню вашу матушку. Леонид Дмитриевич страшно сожалел, когда она уехала...

— Да, мама с таким благоговением вспоминает вашего мужа... Так вот, после передачи мама мне позвонила и, можно сказать, приказала не давать вас в обиду! Мама говорит, что... цитирую дословно: «эти злобные крысы могут сглодать девочку!»

— Полагаю, что девочка им не по зубам! Но так или иначе, спасибо вам, Феликс!

— Я даже слышал, в студии шептались, будто я ваш любовник. Этим людям элементарно не приходит в голову, что можно просто вступиться за несправедливо обиженную женщину.

— И все-таки, почему вы за меня вступились? Вы же меня не знаете?

— Ну, во-первых, когда всем миром наваливаются на кого-то, мне это не нравится. А во-вторых, я всегда слышал от мамы, что наконец-то Леонид Корецкий нашел себе достойную женщину...

— Ну надо же! Послушайте, Феликс, может быть нам следовало бы познакомиться, раз такое дело, а?

— Был бы счастлив! И хотел бы еще... Собственно, затем и звонил... Мама просила отдать вам альбом с фотографиями Корецкого... фотографии чудесные... мама делала их на съемках, они совсем непарадные, часто забавные.

— Ваша мама...

— Мама была влюблена в Корецкого, но так... платонически, восхищенно, издали... Даже папа не ревновал...

— Ох, передайте огромное спасибо вашей маме. Значит, нам просто необходимо встретиться!

— Может быть, завтра вечером? Поужинаем где-нибудь?

— С удовольствием!

И мы договорились, что он заедет за мной в институт.

Как странно! Только я спрятала на антресоли Лёнины дневники, как тут же мне присылают альбом с его фотографиями! Это неспроста. Как будто мне напоминают о том, какой у меня был муж и я всегда должна об этом помнить. Можно подумать, что я забыла или когда-нибудь забуду! Я даже вполне допускаю уже, что у меня может закрутиться роман, и даже я, возможно, выйду замуж, потому что хочу иметь ребенка, которого ни за что не хотел Лёня. Какой скандал у нас был, практически единственный за три года совместной жизни. Я сказала, что хочу ребенка...

— Ты сумасшедшая, — кричал он, — я старик, какие младенцы, о чем ты! Сколько мне там жить осталось!

— Лёня, побойся бога, тебе всего чуть за пятьдесят!

— Нет и нет! Я знаю, я точно знаю, что долго не проживу! Я безумно тебя люблю, наслаждаюсь каждой минутой жизни с тобой, но ребенок... Нет! Он отнимет тебя. Я не хочу! Ты молодая, успеешь еще! И потом, я вообще никакой отец, мой единственный сын... Он всегда раздражал меня, мешал работать... К тому же я... у меня плохая наследственность, у нас в роду были шизофреники, короче, нет!

Я никогда его таким не видела, он был буквально в истерике. Но я так его любила, так боялась за него, что смирилась. Хотя втихомолку долго плакала. Через месяц, когда он успокоился, ссора вроде бы забылась, я настояла на том, чтобы он тщательно обследовался, мы полетели во Францию, где жил его друг, и он действительно прошел подробное обследование. Ничего угрожающего врачи не обнаружили.

— Вот видишь, все хорошо! — сказала я. — И хватит уж этих разговоров о скорой смерти.

Он грустно улыбнулся:

— Да что они знают...

И в самом деле, больше о смерти не заговаривал, но через полтора года умер во сне. От острой сердечной недостаточности. Хотя никогда на сердце не жаловался.

— Скорее всего, ему кто-то нагадал раннюю смерть, — предположила прилетевшая на похороны Гуля, — а он был человек ранимый, излишне впечатлительный, поверил и жил под этим приговором... Никогда не ходи к гадалкам, Каринка!

— Да уж! Я и сама до смерти боюсь всяких предсказаний.

Если бы не Гуля с Тонькой, не знаю, как бы я пережила и похороны, и поминки... Все четыре экс-супруги устроили буквально шабаш.

— Это ты, проклятая, свела его в могилу! — кричала супруга № 1, с которой он расстался давным-давно, да и прожил-то всего ничего, а супруга № 4 на кладбище кинулась на меня с кулаками. Еле оттащили. И все четыре ревели белугами. А я словно застыла. Слёз не было. Ну не умею я плакать на людях, так и это мне поставили в вину. И судя по последнему ток-шоу, ставят до сих пор.

На третий день после похорон ко мне вдруг явилась супруга № 3 со смиренным видом:

— Карина, умоляю вас, отдайте мне собаку!

Два года назад мы с Лёней подобрали чудесного щенка, который вымахал в здоровенную дворнягу. Лёня в ней души не чаял, гулял с ней, водил на прививки, а через полгода после Лёниной смерти пёс попал под машину. Но тогда я безмерно удивилась.

— Отдать вам собаку? С какой это стати? — возмутилась Гуля. У меня не было сил на пререкания.

— Я имею право! — заявила нахалка. — Это я научила Леонида любить собак!

— А Карина просто научила его любить! И собаку она вам не отдаст! Идите отсюда подобру-поздорову! — выпроводила ее Гуля. — Нет, вы видали такое!

Тонька только глаза таращила.

— Нет, что за бабы у него были, у твоего мужа, тихий ужас! Это они его довели до могилы!

— Да уж! Андрей говорит, что, если б Лёня не встретил Каринку, он бы уже давно... — высказалась Гуля.

А сколько гнусных интервью они тогда дали! Что я только и делала, что тянула с него деньги. Какие там деньги! Чтобы достойно его похоронить, я продала то самое теткино кольцо, ну и спасибо Союзу кинематографистов, они тоже помогли. Все наследство мужа — машина да прелестная шубка из куницы, которую он мне привез, кажется, из Хабаровска. Иногда мне что-то капает из Российского авторского Общества, ну и за прокат его фильмов я получаю какой-то небольшой процент, кстати, пополам с Антипом. Но зато мне в наследство осталось столько чудесных воспоминаний и несомненное сознание того факта, что я была по-настоящему любима! Но хватит о прошлом.

Утром мне опять позвонил Феликс:

— Карина, простите ради Бога! Я не смогу вечером с вами встретиться, мама заболела, я вылетаю к ней!

— Что-то серьезное?

— Ну, если мамин муж меня вызвал, боюсь, что да, серьезное!

— Будем надеяться, что все обойдется и передайте маме огромный привет и пожелание здоровья!

— Непременно, Карина!

— Удачного полета и мягкой посадки!

— Спасибо!

Странно, но я испытала облегчение. Еще одна встреча с прошлым откладывается.

А вечером мне позвонила Евгения Памфиловна Острогорская, закадычная Лёнина подружка еще со времен ВГИКа. Она училась на актерском, но актерской карьеры не сделала, зато стала классным педагогом все в том же ВГИКе. Она сперва отнеслась ко мне настороженно, но после того, как мы случайно встретились на отдыхе в Греции, нежно меня полюбила.

— Привет, Каринка! Как дела-делишки? Я слыхала, что тебе на телевидении косточки сулемой моют, суки драные! Но я звоню не поэтому! У меня тут такое событие намечается! Свадьба!

— Свадьба? Чья?

— Они так засрали тебе мозги? Дуськина, конечно!

— Ох, а сколько же ей лет, Дуське?

— Да совсем старуха, девятнадцать!

— С ума сойти! И кто жених?

— Ну за кого может выйти дочка вгиковского препода? За дипломника ВГИКа! Слава богу, хоть не актер! А будущий продюсер! И хороший парень! Ему уж двадцать четыре, не вовсе сопляк.

— Москвич?

— Москвич, москвич!

— А семья?

— Он сирота. Только дядька. Он его вырастил, порядочный мужик! Словом, я довольна.

— Ну надо же. Если уж вы довольны...

— Каришка, мы с Дуськой приглашаем тебя на свадьбу! И не вздумай отказываться, обидимся!

— А я и не собиралась отказываться! С удовольствием приду! Только скажите, что подарить?

— Да что сочтешь... Только не посуду!

— А если просто денежку?

— О, это лучше и нужнее всего!

— Отлично! Когда и где?

— Через две недели, в ресторане. Это будет за городом, на свежем воздухе, для безлошадных или желающих выпить будет автобус. Ну, мы тебе уже послали приглашение, там все написано. И еще: форма одежды — парадная! Чтоб явилась во всей красе!

— А как же!
— И будешь ловить букет невесты!
— Нет уж, от этого увольте! — засмеялась я.
— Ну, там видно будет! Все, Каришка, целую тебя! И буду страшно рада повидать!
— Я тоже!
— И не вешай нос из-за глупых злобных баб!
— Еще чего!
— Вот и молодец!

Я почему-то обрадовалась! Мне вдруг захотелось нарядиться, сделать новую прическу, пойти на свадьбу, хоть я и не любительница свадеб, но тут, мне показалось, все будет правильно, без этой свадебной пошлости. Просто соберутся хорошие люди и вместе порадуются счастью молодых. Не знаю, какой там жених, но Дуська совершенно очаровательное созданье, умненькая, веселая, и если уж Евгения Памфиловна не ругает жениха, значит, он и впрямь достойный парень. Я подошла к шкафу. Да, давненько я не обновляла свой гардероб. Почему-то захотелось выделиться, я уж и не помнила, когда мне этого хотелось в последний раз. Но покупать обновку и сделать более или менее приличный подарок не получится, не те у меня доходы. Ну и ладно! Можно что-то скомбинировать, придумать. Есть шикарное черное платье, но идти в черном на свадьбу, тем более на свежем воздухе... Нет, не годится. Можно было бы надеть мое любимое зелененькое в полевой цветочек, но это уж совсем не парадно и ни с чем не скомбинируешь. И вдруг я вспомнила, что у меня есть кусок ткани, белой в крупный черный горох. И длинный, в пол, черный сарафан. Если из ткани в горох соорудить нечто ассиметричное, с каким-нибудь занятным хвостом или даже капюшоном, может получиться то, что надо, но я сама вряд ли с этой задачей справлюсь. Придумать я вполне могу, а вот исполнить... Но в соседнем доме есть швейная мастерская, и там работает гениальная швея. Я тут же побежала к ней.

— Карина? Здравствуйте! Опять что-то придумали?

— Придумала, Олечка, придумала!

Я объяснила ей задачу.

— Нет, — огорченно покачала она головой. — Не получится!

— Почему?

— Ткань недостаточно мягкая. А сарафан совсем мягкий. Надо что-то другое, но в принципе идея хорошая. Ой, знаете, я вчера видела в магазине одну ткань... То, что нужно! И с вашим сарафаном будет здорово сочетаться... Только она не белая, а скорее сероватая и в черный цветочек. Если сделать такую штуку... — она быстро нарисовала мне весьма причудливую накидку, — получится эффектно. Но все же не очень нарядно, Карина, все же не для свадьбы, тем более и сарафанчик у вас не новый... Но у меня есть одна мысль. Поезжайте в тот магазин, там есть такая же ткань в лиловый цветочек, и, по-моему, я видела там еще лиловую без всякого рисунка, я тогда подумала, может получиться интересное платье... Вы как к лиловому относитесь?

— Да хорошо отношусь!

— И ткань совсем недорогая. Может, съездите, поглядите?

— А если понравится, сколько брать?

— Карина, вы сейчас на колесах?

— Ну, к вам пешком пришла, но...

— У меня сейчас клиентов нет, давайте быстренько съездим и там прикинем.

— Оля, я вас обожаю!

— Вы пока сходите за машиной, а я закрою ателье.

И уже через двадцать минут мы входили в магазин.

Я просто влюбилась в эту ткань с лиловыми цветочками.

— Берем!

— Только, Карина... Это все-таки не вечерний вариант!

— И плевать! Такого туалета уж точно ни у кого не будет! Да, это стиль кантри, ну и что? Имею право! Тем более что к нему можно надеть туфли без каблуков, а дело будет за городом, может, по траве ходить придется, да мало ли! — ликовала я. — И потом это платье можно будет носить когда и куда угодно!

— Вообще-то вам можно, вы стильная... Научились бы шить, никаких бы у вас проблем не было. Придумывать вы мастерица!

— Нет, этим талантом меня Бог обделил! А вы гениально шьете! И в результате получится супер, я уверена!

— Ну вы и скажете! Ладно, приходите завтра на примерку!

— Оля, вы чудо!

И хотя обойтись без трат не получилось, но я скоро должна получить отпускные, ничего, выкручусь. Я уже видела себя в этом дивном платье. Конечно, очень стильно было бы надеть к такому платью кеды, но я этого не люблю, хотя это дико модно. У меня есть симпатичные серенькие босоножки. А сумочку возьму зеленую, она небольшая и очень удобная. Помню, как мы с Лёней куда-то собирались, я тоже что-то придумывала, примеряла, прикладывала к лицу...

— Господи, Марфуша, как я люблю смотреть на тебя, когда ты прихорашиваешься перед зеркалом, стоишь в глубокой, я бы даже сказал, философской задумчивости возле шкафа... Это так чудесно, так женственно... И мне всегда нравится, как ты выглядишь! Я просто старый влюбленный дурак, да?

— Нет! Ты совсем не старый, горячо любящий мужчина. Иной раз даже слишком горячо!

— Марфуша, девочка моя!

И когда уже я перестану вспоминать все это? Может, и никогда...

Платье получилось офигительное! Мы с Олей обе пришли в восторг.

— Как вам идет, Карина!

— Оля, вы волшебница!

— А я люблю вам шить, это всегда интересная задача, а то так устаёшь от подёнщины...

Я даже сама удивлялась, почему я так радуюсь этой свадьбе? Отчего-то мне кажется, что там мне будет хорошо, уютно, весело...

Лёня обожал всякие письменные и почтовые принадлежности. Из-за границы всегда привозил наборы каких-то умопомрачительных конвертов и почтовой бумаги, хотя в наше время это уже анахронизм, но он где-то все это выискивал, и меня всегда забавляло, как он долго обдумывал, в какой конверт лучше вложить ту или иную бумагу, если ее предстояло отправить по почте.

— Лео, это смешно, наконец! — иногда сердилась я. — Какая разница!

— Ну, может же гений позволить себе маленькую слабость! — хохотал он.

— Ты так уверен, что ты гений?

— Нет, абсолютно уверен, что не гений, но когда помру, обязательно назовут гением. Так что почтовые изыски будут сочтены прихотью гения!

И мы вместе начинали хохотать. Так вот, я полезла в ящик, где хранились эти «прихоти гения», и обнаружила там невероятной красоты лиловый конверт, куда и вложила денежки, предназначенные в подарок молодым. И цветы тоже надо купить не абы какие, а чтобы они подходили к моему туалету. И в результате я купила большущий букет роскошных садовых ромашек. Пусть это не свадебные цветы, не «богатые», но зато вряд ли кто-то еще решится купить столь простые цветы. А моему сердцу они милее всего!

И когда я вошла в автобус, который должен был отвезти часть гостей за город, я поймала несколько насмешливых взглядов, но мне не привыкать! У остальных гостей в руках были в основном розы, лилии и даже хризантемы, хотя хризантемы в начале июля, на мой взгляд, нонсенс!

— Оригинальная дамочка! — заметил кто-то.

— Это вдова Корецкого! — объяснила какая-то незнакомая женщина.

— Та самая?

Я уже открыла рот, чтобы сказать: «Да-да, та самая, которая его сгубила»! Но тут в автобус поднялись супруги Балахнины, Таня и Аркадий, старые знакомые Лёни.

— Карина! — воскликнула Таня. — Боже, какой туалет! Как я рада тебя видеть!

— Я тоже рада, Танечка!

Аркадий расцеловал мне ручки. Таня села со мной рядом, а Аркадий сзади. Так что я оказалась под надежной защитой от всяких перешептываний.

— Каринка, выглядишь чудесно, платье просто отпадное! Надеюсь, ты телевизор не смотришь?

— А что, еще что-то было?

— Ага, значит, видела эту прелесть?

— Знаешь, ко мне приходил Антип, извиняться за мамашу.

— Да? Меня это даже не очень удивляет. Он хороший добрый парень. И прекрасный ветеринар. Он нашу кошку буквально спас! — тараторила Таня. — Скажи, а чего ты замуж не выходишь? Пора уж... Пять лет прошло!

— Так не за кого! Тем более после Лёни.

А Я ДУРА ПЯТАЯ!

— Да, понимаю, но все равно надо! Похоже, тебе ужасно надоели эти разговоры, да? Ой, а что ты даришь молодым?

— Денежки.

— Да? А я никак не могу к этому привыкнуть. Мне все кажется, что это как-то неприлично... Но, с другой стороны, а что сейчас дарить, не кастрюли же? Вот Аркаша меня уговорил тоже деньги подарить.

— А что, это, с одной стороны, самое простое, а с другой — самое нужное! Всегда сгодится!

— Все понимаю, но... старые предрассудки, куда денешься, — тяжело вздохнула Таня.

Но тут мы приехали. У автобуса нас встречали Евгения Памфиловна с мужем.

— Добро пожаловать, гости дорогие! Вот по этой тропинке идите и дойдете до стола с подарками! У кого конвертики, опускайте в зеленый ящик! А цветы невесте! О, Каринка! Какое платье! Обалдеть! Выглядишь чудесно!

Я пошла куда было велено и опустила в зеленое подобие почтового ящика свой конверт.

— Ой, Карина! — воскликнула невеста и повисла у меня на шее.

— Боже, Дуська, какая ты чудесная! — искренне восхитилась я.

Невеста выглядела очаровательно. В простом, но очень изящном платье жемчужного цвета, без фаты, только несколько жемчужин в темных волосах.

— А жених где?

— Денис, поди сюда!

Молодой человек, слегка смущенный, подошел, поздоровался. У него было милое приятное лицо, обаятельная улыбка.

— Очень рад, Карина Георгиевна! — произнес он.

Я удивилась.

— А я иногда ходил на ваши лекции, просто из любопытства. Это всегда было так интересно!

— О, спасибо! Я тронута!

— Карина Георгиевна, вот, познакомьтесь, это мой дядя...

Я обернулась. Это был Кузьма Филиппович.

— О, а мы немного знакомы с вашим дядей! — не удержалась я от насмешливой улыбки.

Он обаятельно рассмеялся:

— Да уж, правда, обстоятельства знакомства были... как бы это сказать...

— Слегка экстремальными, — подсказала я.

— Да, именно так!

— Звучит очень загадочно, — засмеялась Дуська.

Но тут к ним подошли новые гости. А Кузьма вдруг спросил:

— А не хотите квасу?

— Квасу? Очень хочу! А что, хороший квас?

— Мне очень нравится! Я попробовал его в Питере, пришел в восторг и заказал на свадьбу два больших бочонка!

— Интересно, что за квас такой?

— Попробуйте!

Он подвел меня к столику, где стоял красивый бочонок, большие стаканы и кто-то уже наливал себе явно второй стакан, так как на дне еще оставалась пена. Кузьма аккуратно налил мне полный стакан. Подал. Квас и вправду был отменный.

— Ох, вкусно!

— Называется «Толстый фраер»!

— Шутите?

— Да нет, истинная правда. Карина Георгиевна, я страшно рад вас видеть! Вы сегодня изумительно выглядите. Вы какая-то... совсем особенная, не похожая на других...

— Спасибо. А вы, я слышала, вырастили Дениса?

— Так получилось.

— Но... Простите, сколько же вам лет?

— Сорок один. Мне было двадцать, когда Денька осиротел. Его родители погибли при крушении поезда. Ему три года было. Ну, я просто не мог допустить, чтоб его в детский дом отдали...

— А что, двадцатилетнему парню доверили такого малыша?

— Это было непросто... Но в результате доверили. Мне и моей тогдашней жене. Жена вскоре меня бросила. Но я упросил ее не разводиться пока. И Денька остался со мной. И вот он уже женился! Я счастлив, семья уж очень хорошая...

— Что верно, то верно.

— Карина! — бросилась ко мне знакомая дама, заключила меня в объятия и оттеснила Кузьму. Он растворился в толпе гостей. Жаль. Он мне понравился. В нем была какая-то обезоруживающая искренность. Да и выглядел он весьма импозантно.

— Милочка, откуда такой сногсшибательный туалет? — осведомилась немолодая, но молодящаяся дама. — Париж?

— Нет, Милан, — спокойно ответила я. Не рассказывать же ей про Олю! Не поймет!

— Каринка, как я рада, что ты приехала, — обняла меня Евгения Памфиловна. — Я видела, что наш Кузьма Филиппович вокруг тебя вертелся...

— А мы с ним слегка знакомы. Хотя это и знакомством не назовешь.

— А что? — Ее глаза загорелись любопытством.

— А мы с ним однажды в лифте застряли, — мне не хотелось рассказывать неприглядную правду. — Евгения Памфиловна, а он вообще кто?

— Понравился?

— Понравился.

— Ну, он владелец какого-то агрокомплекса, что ли... Там какие-то фермы, поля... Я точно не знаю, но могу сказать, он здорово поднялся благодаря санкциям.

— Вон даже как...

— Человек очень приятный, хотя и бывает жестким. И, между прочим, не женат!

— А где он живет?

— Вообще-то в Питере. Племяннику отдал свою московскую квартиру.

— А!

— Каришка, он тебя заинтересовал?

— Так, слегка.

— Ой, советую обратить внимание! Хороший мужик, и вместе вы отлично смотритесь. В прошлом он, между прочим, военный моряк! Каришка, хватит уже быть вдовой!

— Да я понимаю, но после Лёни... даже не в том дело. После такой любви! Абы кто мне не сгодится.

— А Кузьма не абы кто! Знаешь, его назвали Кузьмой в честь Петрова-Водкина!

— А я думала, в честь Минина!

— А знаешь, как хорошо он воспитал племянника? Просто удивительно! О, а вот и он, легок на помине! Я ретируюсь.

— Карина Георгиевна!

— Можно просто Карина.

— Тогда я просто Кузьма! Знаете, мы за стол еще не так скоро сядем, пойдемте посидим, закажем кофе... Поговорим, почему-то ужасно хочется с вами поговорить!

— Пойдемте, кофе хочется, а к кофе тут можно что-нибудь заказать, а то я бы заморила червячка...

— О, конечно!

Он увел меня на симпатичную полянку, где среди кустов стояло несколько столиков.

— Какой кофе вы предпочитаете?

— Ристретто, если можно.

— Можно.

Он отдал какие-то распоряжения проходившему мимо официанту. И вскоре нам подали корзинку с разными пирожными, тонкие ломтики темного хлеба, тарелку с разными сырами и кисточкой красного винограда.

— О, какая прелесть!

— Попробуйте, Карина! Хлеб и сыры изготовлены на моей фирме!

— Да что вы! Как интересно!

Я взяла ломтик хлеба и кусочек сыра, похожего на камамбер.

— Слушайте, здорово вкусно! Импортозамещение?

— Именно! — улыбнулся он. — Вот, возьмите виноград.

Я попробовала все четыре сыра. Я не большой знаток, но мне они все понравились. И хлеб тоже.

— А пирожные тоже ваши?

— О нет!

— Но тоже вкусно! Спасибо вам, Кузьма! Накормили голодную женщину! Да еще так вкусно. И кофе — мечта! Он не с ваших плантаций?

— Пока нет. Но я подумываю... Карина, вы... Вы какая-то особенная... Я таких еще не встречал...

— Добрая самаритянка?

— И это тоже... — засмеялся он.

— А кстати, вы получили индульгенцию?

— И не собирался! С меня хватит! Карина, дайте мне ваш телефон!

— Зачем?

— Буду звонить.

— Зачем?

— Чтобы услышать ваш голос... Эти неподражаемо-ироничные интонации... Я живу в Питере...

— А в нашем доме у вас было московское пристанище? Но хозяйка оказалась чересчур ревнивой. А повод-то был?

— А вам зачем? — лукаво осведомился он.

— Ну, надо же знать, кому я собираюсь дать свой телефон?

— Браво! Карина, расскажите о себе!

— О себе? Пожалуй, следует рассказать, а то из Интернета можно такое обо мне почерпнуть...

— Уже интересно!

— Так вот... Я дура пятая.

— То есть?

— Знаете частушку...

— У него четыре дуры, а я дура пятая?

— Именно! Я была пятой женой знаменитого кинорежиссера Корецкого.

— Леонида Корецкого?

— Его.

— То есть вы вдова?

— Да. И все четыре предыдущие жены люто меня ненавидят и устраивают в прессе и на телевидении настоящую травлю. Недавно было пять лет со дня смерти моего мужа, и все это обострилось до предела. Женщину менее сильную это могло бы сломать.

— Простите, что перебиваю, Карина, я еще могу понять, что вас ненавидит четвертая жена... Это, по крайней мере, логично.

— А ненависть не требует логики. Дело в том, что все эти жены были... просто красивые дуры, главным жизненным достижением которых был брак с известным режиссером. Вы и вообразить не можете, какой шабаш они устроили в пятую годовщину на телевидении. А сколько еще доброхоток к ним присоединилось в эфире! Почему-то я у многих как кость в горле. Ну да бог с ними. А вообще-то я по образованию историк, преподаю в институте историю искусств, и, как сегодня выяснилось, ваш племянник даже посещал мои лекции.

— А вы...

— Я безумно любила мужа, вы ведь об этом хотели спросить?

— Как вы догадались?

— Не знаю, просто догадалась. И муж меня безумно любил, и мы были очень счастливы.

— Мне нравятся фильмы вашего мужа, особенно «Марфуша и Лео». Чудо! Я его раз пять смотрел!

— Надо же!

— Простите, Карина, а отчего умер ваш муж?

— Он умер во сне. Отказало сердце.

— Счастливая смерть, моя бабка говорила, если человек умирает во сне, значит, он был праведником...

— О, праведником он не был, отнюдь, но был просто очень хорошим и порядочным человеком, которого подлая пятая жена свела в могилу!

— Свести с ума, это вы запросто можете, а вот в могилу вряд ли!

— Благодарю, удачный комплимент!

— Это не комплимент. Вы любите Питер?

— Очень!

— Приезжайте! У меня есть свой катер, я покатаю вас по Неве и каналам, по Мойке и Фонтанке...

— Заманчиво!

— В Петергоф тоже можно сгонять. Накормлю корюшкой...

— А разве сезон корюшки не кончился?

— Места надо знать...

— А я никогда не ела корюшку!

— Тогда вы просто обязаны приехать! Вы животных любите?

— Вы хотите отвезти меня на свиноферму?

— О нет! — рассмеялся он. — Я хочу познакомить вас с весьма экзотическим зверьком валлаби.

— Что это такое? — испугалась я.

— Это совершеннейшая прелесть! Микрокенгурушка. Очаровательное создание!

— Оно у вас дома живет?

— Нет. Знаете арку Главного штаба?

— Ну да.

— Там не так давно открыли контактный зоопарк. Я туда водил детей своего друга, и мне так понравилось...

— А почему вы водили туда детей?

— Потому что мама этих детей заболела, попала в больницу, друг был с ней, а я отвлекал ребятишек. А еще водил их в музей кошек.

— Музей кошек?

— Да! Там живут двадцать четыре живые кошки. Каких там только нет! Например, невероятной красоты мэйн-кун. У него на лапках по шесть пальчиков. И зовут его Хэм, в честь Хемингуэя. Нам там рассказали, что, оказывается, Хемингуэй собирал именно шестипалых кошек и их у него было... Как вы думаете сколько?

— Двадцать?

— Больше!

— Тридцать?

— Нет, пятьдесят семь! Вы когда-нибудь об этом слышали?

— Никогда! Как интересно! Я хочу в музей кошек! И микрокенгурушку хочу погладить... И по Неве на катере хочу!

— Хотите, значит, приедете! Когда вы могли бы? И не думайте... Я сниму вам номер! Давайте, Карина, согласуем графики! Я смогу выбрать три дня в первых числах августа! — Он достал телефон, взглянул на календарь. — Вот, к примеру, пятое, шестое и седьмое августа. У вас эти дни свободны?

— У меня весь август свободен. Да, я приеду, Кузьма, мне так хочется!

— Ох, как у вас глаза блестят, с ума сойти можно!

— Вы мне нравитесь, Кузьма, в вас есть что-то настоящее.

— Счастлив это слышать! И постараюсь оправдать столь лестное мнение. А уж как вы мне нравитесь... У меня и слов нет! Карина, скажите честно...

— Да?

— Вам действительно понравились мои сыры?

— Клянусь вам! Если б не понравились, я бы вам сказала впрямую, не в моих правилах врать в таких вещах. Я не скажу, что это был самый вкусный сыр в моей жизни, но это было очень классно!

— Спасибо! А какой сыр был самым вкусным в вашей жизни?

— Понятия не имею, как он назывался, я его случайно купила в Висбадене в супермаркете, он был в виде такой мягкой колбаски, завернутой в фольгу. Но когда на другой день я побежала в этот супермаркет, я его там просто не нашла.

— А какой у него был вкус?

— Кузьма, ей-богу не помню уже, это было лет восемь тому назад.

— А... жаль.

— Кузьма, вы прелесть! Не знаю, можно ли так говорить мужчинам, тем более таким брутальным с виду, но... Вы прелесть!

Он поцеловал мне руку.

— А скажите, Кузьма, как это военного моряка угораздило заняться сельским хозяйством?

— А я про моряка не говорил!

— До меня дошли слухи!

— Отвечаю — совершенно случайно. Я вышел в отставку, никому я был на флоте не нужен тогда, и один мой друг, тоже бывший моряк, предложил заняться вместе с ним этим бизнесом. Я решил — почему бы и нет? Боже, какой на фирме был бардак! Несусветный! Но мы с другом, двое военных, взялись навести там порядок. И на руководящие должности набрали бывших моряков.

— Но что моряки понимают в сельском хозяйстве?

— Поначалу ничего. Но мы привлекли специалистов, а дисциплину установили военно-морскую!

Было сложно, но... справились. Я много поездил по разным странам, посмотрел, как и что, а поскольку у меня был хороший английский и приличный немецкий, я учился. В конце концов не боги горшки обжигают и мы все-таки не самолеты строили! И знаете, хотелось, чтобы и у нас все нормально было...

— За державу обидно?

— Именно! И уверяю вас, военно-морские порядки и в сельском хозяйстве могут работать. Всех алкашей предупредили: первая же пьянка на работе — вылетишь вон! И многие вылетели. А другим понравилось работать и получать за это достойные деньги. У нас не воруют. По крайней мере за восемь лет только одного типа поймали на воровстве. А сейчас взялись еще за сыроварение. И вроде получается...

— Явно получается, Кузьма!

У него так горели глаза, когда он рассказывал о своем деле!

— Я ездил во Францию и в Германию, учился у тамошних сыроделов. Это так интересно, никогда бы не подумал, а вот...

— А по морю не тоскуете?

— Да некогда тосковать-то! И потом, у меня есть катер, иногда хожу на нем в море, я же питерский...

— А дети у вас есть?
— Да нет, еще не обзавелся. Я племянника растил. В основном один. Только моя тетка мне помогала. Но она давно умерла. Я женился, но опять неудачно. Словом, я в личной жизни дурак дураком, ну сами видели...

И он смущенно улыбнулся. Какой он милый!

У него зазвонил телефон.

— Алло! Да? Ладно, сейчас приду! Карина, Денис звонил. Меня требует, там уже все гости собрались. Пойдем?

— Идите, Кузьма, я приду через пять минут.

— Но вы не сбежите?

— С какой это стати мне сбегать? И не подумаю! Более того, непременно приеду в Питер!

— Обещайте мне первый танец!

— О! Обещаю!

— И все последующие тоже!

И он ушел.

Что это со мной? Мне вдруг стало грустно от того, что он ушел. Ну надо же! Может, я смогу в него влюбиться? Так хочется влюбиться! Я пошла в туалет. Глянула на себя в зеркало. Это что, я? Я такой себя уж и не помню.

Мне встретилось немало знакомых на этой свадьбе. И все говорили, как я прекрасно выгляжу, правда, две дамы говорили это с некоторым осуждением. Мол, негоже вдове гениального режиссера так хорошо выглядеть! Ну и черт с ними! То ли еще они запоют, когда увидят, как я танцую с Кузьмой! Мне так хотелось танцевать! И с Кузьмой и вообще... Почему-то я была уверена, что он хорошо танцует. Лёня не любил танцевать и терпеть не мог, когда я с кем-то другим танцевала. Ревновал. А я всегда обожала танцевать, но с Лёней мне это так редко удавалось... И я с великим нетерпением ждала танцев. Но предстояло еще долгое застолье с тостами, криками «Горько!» и так далее. Но ничего не попишешь! Гостей рассаживали за столики на шесть человек. Я оказалась за одним столом с двумя молодыми парами, незнакомыми мне, но мы как-то очень быстро разговорились. А одно место оставалось свободным, и я почему-то была уверена, что это место Кузьмы. Так и оказалось.

— Простите, Карина, что оставил вас так надолго! Но теперь уж до конца буду вашим кавалером! Что вам положить?

И он принялся ухаживать за мной галантно, но не назойливо.

Выпив бокал шампанского за здоровье молодых, я окончательно расслабилась, мне стало так хорошо... Мне сейчас тут нравилось всё и все! Один из молодых людей за нашим столом по имени Митя вдруг обратился к Кузьме:

— Дядя Кузя, а вам на фирме не нужен специалист по строительному праву, а?

Мне стало так смешно! Надо же, дядя Кузя! Этот Митя оказался школьным другом Дениса.

— А что, работу ищешь?

— Ну, не то чтобы ищу, есть работа, но... хочется чего-то новенького...

— Да нет, Митяй, у меня сейчас штат юристов укомплектован, уж извини!

— Да ладно, я так спросил... На всякий случай!

— Карина, а вы чего смеетесь? — поинтересовался Кузьма.

— Мне понравилось это «дядя Кузя»! Я как-то сразу представила себе, как вас уважала эта пацанва! Небось Денис хвастался вашим кортиком и морскими приключениями дядьки, да?

— Было дело! — рассмеялся он и подлил мне вина.

— А вы хорошо танцуете, наверное?

— В мореходке даже брал призы за бальные танцы!

— Ух ты! Сколько у вас талантов! Я уже мечтаю с вами потанцевать! Может, вы еще и поете?

— О нет!

— Слава богу!

— Почему? Вы не любите поющих мужчин?

— Почему? Я просто люблю хорошо поющих мужчин.

Мы болтали с ним о всякой чепухе, и постепенно мы словно бы остались одни за столом, хотя наши соседи никуда не девались, они просто перестали для нас существовать. Мы не видели и не слышали их. А они наверняка это поняли и не трогали нас. Только вдруг к нам подошли Дуська с Денисом.

— Дядя, я хочу за тебя выпить!

— Кузьма Филиппыч, тут за вас тост произнесли! — сообщила Дуська.

— А, что? Ну да! Спасибо вам, ребятки! — Он расцеловался с ними, к нему подошли еще несколько человек.

— Дядя Кузя, аллаверды! — крикнул кто-то из ребят.

— Аллаверды? Ладно!

Он встал, поднял бокал.

— Друзья мои, я сегодня счастлив, мой любимый племянник Денька женился на чудесной девочке, я много сил вложил в устройство сегодняшнего торжества, устал как собака и хочу только одного! Потанцевать! Пора переходить к танцам! Ура! Горько! Танцуют все, кто хочет! Карина, идем!

Первый танец был медленный вальс, видно, для раскачки. Он обнял меня, и нас обоих тряхнуло током. Он и вправду танцевал превосходно.

— Карина, я... До того момента, как явился Денька, мне казалось, что мы с вами на необитаемом острове или в звездолете... Только вдвоем...

— И мне так казалось, надо же...

— А вам... вам хорошо было в этом звездолете?

— О да! Очень! Только я бы предпочла необитаемый остров.

— Почему?

— Ну, в звездолете надо быть в скафандре...

— Карина!

— Я что-то неприличное сказала?

— Вы не сказали вроде бы ничего неприличного, но... у меня сразу возникли грешные мысли...

Впрочем, эти грешные мысли возникли у меня еще тогда, в подъезде, когда вы так аккуратно складывали мои шмотки, — попытался он свести свои слова к шутке.

Он прижимал меня к себе так крепко, что я вдруг ощутила вибрацию мобильника в кармане его брюк. Но он, похоже, опять уже ничего не видел и не слышал. А мне почему-то стало тревожно.

— Кузьма! Кузьма, у вас телефон звонит!

— Что!

— Телефон!

— Что телефон?

— Ваш телефон звонит!

— Ох, в самом деле!

Он выхватил телефон.

— Алло! Да, я, что? — Он мгновенно опомнился. — Да, говори! Жертвы есть? А среди животных? Черт побери, ладно, я выезжаю! На машине, на чем же еще! Карина...

— Что случилось?

— В телятник попала молния... Там какой-то ураган...

— Кто-то погиб?

— Пока вроде нет, но там пожар... Я должен ехать! Простите меня бога ради! Я вам позвоню! Но билет все равно берите, это ведь через две недели, я до тех пор разберусь! И буду звонить!

— Как вы поедете, вы же пили?
— У меня там водитель!
— Удачи вам, Кузьма!
— Вы не проводите меня до машины?
— Провожу конечно!

Он взял меня под руку и повел к стоянке:
— Ох, простите, я должен позвонить. Алло, Степаныч, готов? Сейчас выезжаем!

Мы подошли к громадному джипу, в кабине которого сидел немолодой мужик.
— Что, Филиппыч, девушку решили похитить?
— Хотелось бы, но увы, в Буткееве пожар на ферме. Гони, Степаныч!
— Ух ты!
— Карина, я...
— Не надо ничего говорить, я все понимаю!
— Да я и так слишком много наговорил.

Он схватил меня, поцеловал в губы и сразу отпустил:
— Все! Я поехал! Буду звонить!

Мне тоже сразу захотелось уехать. Может просто вызвать сейчас такси? Нет, я должна появиться на людях, иначе все решат, что я уехала с Кузьмой. А это пока не нужно. На подходе к месту веселья я вдруг столкнулась в Четырежды Бывшей. Раньше я ее тут не видела.

Она смерила меня насмешливо-презрительным взглядом и громко заявила:

— Ишь как ты о мужика терлась, позорная баба! А он от тебя утек!

— Алевтина Архиповна, что ж вы на такую малую аудиторию работаете? Спешите с этой новостью на Первый канал! Вас тогда вся страна услышит!

— Ах ты засранка!

— Пусть я засранка! Но вы разве не в курсе, что кто-то может завтра выложить в Сеть, как заслуженная артистка, которая по телевизору всех учит жить, ругается на чужой свадьбе? Неосмотрительно!

Она открыла было рот, но тут же его и закрыла. Испугалась, мерзкая баба!

— Филиппыч, ты поспи пока, — посоветовал Кузьме пожилой водитель, работавший у него уже четыре года. — А то как до Буткеева доберемся, уже не поспишь.

— Да вот, Валентин сообщает, что пожар уж потушили. Слава богу, из людей никто не пострадал. И телят всех вывести успели, молодцы!

— А телятник-то новый ставить придется?

— Не знаю пока. На месте разберусь.

— И чего это он вдруг загорелся? Вроде новый совсем, проводка современная. Кабы старая была, а то новехонькая.

— Да говорят, молния...

— Филиппыч, я, конечно, понимаю, бабец первый сорт, но что ж ты совсем голову потерял?

— Ты о чем?

— Что ж там громоотвода не было, что ли?

— Ясное дело, был... так что, думаешь, подожгли?

— Думаю, Филиппыч, думаю! Завистливый у нас народ-то, милое дело богатому соседу красного петуха пустить!

— Ну ты даешь! Хотя... все возможно. Но у нас везде камеры стоят, поглядим, что к чему. Слава богу, хоть никто не пострадал. Да, а что ты про бабца там говорил?

— Про какого еще бабца? Ах да, классная дамочка тебя провожала, мне понравилась!

— Одобряешь, значит?

— Одобряю! Она случайно не замужняя?

— Да нет, вдовая.

— Это неплохо. И так она на тебя смотрела... Хотя чего на тебя не смотреть, справный мужик. Женился бы ты уж, Филиппыч, пора. А детки у ней есть?

— Нету.

— Ну, тогда уж сам бог велел. Ты вон племянника воспитал, женил уже, воспитаешь и своих. Пора, Филиппыч, пора, пятый десяток пошел.

— Да понимаю я... Только это так быстро не делается. Мы с ней совсем мало знакомы...

— Эх, Филиппыч, иной раз два года с бабой хороводишься, и вроде всем она взяла, а как замуж выйдет, такое из нее полезет, не приведи бог! А я вот как свою Настю встретил, через два дня замуж позвал, почуял, то, что надо! И вот уж восемнадцать лет живем душа в душу!

— А знаешь, Степаныч, она в одном доме с Лялей живет.

— Да ты что! Надо же... А ты ее к себе возьми, в Питер... Как ее звать-то?

— Карина, ее звать Карина, — с наслаждением произнес Кузьма.

— Надо же, Карина, красивое имя. Ты вот что, Филиппыч, если закрутишь с ней, бери ее в охапку и увози из того дома, а то Ляля твоя ей житья не даст.

— Погоди, рано еще хватать в охапку, она вот недельки через две в Питер приедет, тогда и решим...

— Ну, может, ты и прав, как говорится, поспешишь — людей насмешишь.

— Степаныч, а я, пожалуй, и впрямь посплю немного.

— Поспи, поспи, если что, я тебя разбужу.

Кузьма не хотел спать, ему хотелось закрыть глаза и вспоминать Карину, ее лицо, ее голос, руки... «Глаза у нее карие, яркие... И вся она очень яркая, и еще есть в ней что-то отчаянное, даже хулиганское, с такой женщиной не соскучишься. А при этом она добрая... добрая самарянка... И если бы не пожар в Буткееве, вполне реально, что она пригласила бы меня к себе... и я бы снял с нее это чудесное платье и все, что там под ним есть, целовал бы ее тело, пахнущее лавандой... Я так люблю этот запах лаванды... А утром я проснулся бы первым и смотрел на нее спящую... И принес бы ей кофе в постель... А она обняла бы меня и шепнула, что ей никогда и ни с кем не было так хорошо... Стоп! — сказал он себе. — Она вдова, и говорят, безумно любила мужа, а муж у нее был знаменитый режиссер, с мировым именем, а ты, Кузьма, чем похвастаться можешь? Агрокомплексом? Доморощенными сырами? Ну, положим, мне есть чем похвастаться. Мой агрокомплекс — один из лучших в стране, если не лучший. И вообще, при чем тут все? Мы с ней среди толпы людей вдруг оказались в звездолете, а это дороже и важнее всего... Ее знаменитый муж умер пять лет назад, она молодая, интересная женщина... Как она сказала, что предпочла бы оказаться со мной не в звездолете, потому что там скафандры... То есть она в тот момент тоже хотела, чтобы я снял с нее это дивное платье... и все, что под ним... Вот приедет в Питер, и сколько бы на ней одежды не было в соответствии с питерской погодой... И нечего комплексовать. Нет у меня в связи с ней никаких комплексов и не будет. Только агрокомплекс! И все!»

Заснуть ему не удалось. Тогда он написал Карине: «К счастью, все оказалось не так страшно. Жертв нет. Но мое присутствие все же необходимо. Мечтаю оказаться на необитаемом острове. К чертям скафандры и все остальное! Жду в Питере. Вырваться в Москву раньше не получится».

Ответ пришел очень скоро.

«Начинаю плести юбочку из пальмовых листьев!»

Он задохнулся от восторга. Вот это женщина! Он написал:

«Это лишнее!»

Она тут же ответила:

«Согласна, тогда плету циновку. Если вспомнить Пенелопу, женщины в разлуке всегда занимаются каким-то рукоделием!»

«А мужчины?» — спросил он.

Ответ пришел немедленно:

«Рукоблудием!»

Он так хохотал, что Степаныч смотрел на него с недоумением.

Он написал:

«Моя обожаемая хулиганка! Пожалуй, сплети все-таки юбочку, чтобы мне было что с тебя сорвать!»

«Тогда и для тебя сплету набедренную повязку, с той же целью».

«Я балдею!»

«И я!»

Этот обмен эсэмэсками привел меня в восторг! Вот он какой! То, что надо! Мы с ним на одной волне. Как было с Лёней! Нет, я не буду сейчас предаваться воспоминаниям. Я готова к новой жизни! А ведь мне казалось, что второй раз такого совпадения просто не может быть... И я обязательно поеду в Питер. Но я сама закажу себе гостиницу, а то он, чего доброго, разорится на «Европейскую» или «Асторию», ни к чему это. И билеты сама куплю. И утром, не откладывая дело в долгий ящик, я включила компьютер и нашла себе гостиницу на задах Казанского собора и заказала номер на трое суток. И купила билеты на «Сапсан», на девять сорок утра. И отправила Кузьме сообщение: «Отель и билеты заказала. Встречай!»

Ответа пришлось ждать часа три. Я вся извелась. Видимо, он здорово занят. Но вот, наконец, сообщение от него:

«Счастлив! Юбочка и повязка готовы?»

«Главное, что я готова!»

« Ты — чудо! Прости задержку с ответом. Был жутко занят. Но три дня освобожу полностью. Держись! Эх, прокачу! Буду целовать тебя под Певческим мостом!»

«Почему именно под ним?»

«Это самый широкий мост Петербурга!»

«Поняла!»

Меня так распирало от восторга, что я не выдержала и позвонила Тоньке. Я знала, что Кирилл увез их дочку к своей маме в Евпаторию, и Тонька наслаждается свободой, а свекровь свою не слишком любит, как, впрочем, и та ее.

— Тонь, привет! Чем занимаешься?

— Да вот тюль простирала, шкаф разобрала. А что?

— Тонька, я, кажется, влюбилась!

— В Ключникова, да?

— Господи, с чего ты взяла?

— А в кого? Ой, Каринка, подожди, я не хочу по телефону! Давай словим кайф, встретимся в кафешке, съедим что-нибудь вредненькое и ты мне все расскажешь! Идет?

— Идет!

Я обрадовалась, тем более что дома у меня есть было нечего.

— ...Каринка, да ты вся светишься! — обняла меня Тонька. — Как я за тебя рада! Наконец-то! Как его звать?

— Кузьма!

— Шутишь?

— Да почему? Кузьма Филиппович Брагин.

— Ну что это за имя? — огорчилась Тонька. — Просто кузькина мать...

— А мне нравится! Кузя, Кузенька, хорошо!

— Хорошо для большого толстого кота!

— Да ну тебя, Тонька!

— Ладно. Сейчас закажем вредненькое, и ты мне все подробно расскажешь!

Мы заказали грибы с жареной картошкой и кофе с мороженым.

— Рассказывай!

Я рассказала.

— Ну ни фига себе! И ты вот прямо сразу стала его шмотье собирать?

— Я его только складывала.

— Ну надо же... А что это за баба?

— Я ее не знаю.

— Ну так узнай, а то она тебе еще крови попортит!

— С чего бы это? Она же его выгнала!

— Выгнать-то выгнала, но ведь не рассчитывала, что его прямо сразу подберут. А он хорош?

Екатерина Вильмонт

— Хорош! Мне понравился, но я вовсе не собиралась продолжать знакомство. Но раз так вышло... И главное, я с ним общаюсь... на одной волне, как с Лёней...

— Ты сказала, у него агрокомплекс?

— Ну да. И что?

— О чем можно говорить с хозяином агрокомплекса?

— О любви.

— А кроме любви?

— Не знаю, пока никаких затруднений не возникало.

— А если возникнут?

— Если возникнут, расстанемся. В чем проблема?

— Ты замуж не хочешь?

— Хочу! Как ни странно, хочу! И, знаешь, я с удовольствием брошу институт и преподавание...

— И что делать будешь?

— Детей растить!

— Ух ты! Вот это планы! Сколько ему лет?

— Сорок один.

— Фотка есть?

— Есть! Вот, глянь!

— А ничего, интересный... высокий, говоришь?

— Метр девяносто.

— Баскетболист Кузя... Ну и здорово! Я, Каринка, до смерти рада, что ты втюрилась наконец, а то уж пять лет вдовеешь, куда это годится! Сколько мужиков за тобой ухлестывали, а ты как снежная королева...

— Я сама рада до смерти! И так уже хочу в Питер!

— Но ты все-таки не особо размечтывайся...

— Ну и словечко!

— Я хочу сказать, что ты запросто при новой встрече можешь разочароваться. Нафантазируешь себе невесть что, а он... не сможет соответствовать.

— Да почему?

— Не знаю, просто из чувства самосохранения, лучше так себя настроить.

— Ерунда! Все у нас будет прекрасно, я чувствую! Пойми, Тонька, мы с ним в толпе народу оба ощущали себя на необитаемом острове... И это было прекрасно!

— Да, Каринка, припекло тебя!

— Ага, припекло!

— Только не приглашай его к себе домой!

— Это еще почему?

— Потому что, если вас засечет его бывшая, а она, судя по всему, та еще скандалистка...

— Да плевать я на нее хотела!

— А он?

— А он уже на нее наплевал.

— А она красивая?

— Да понятия не имею. И вообще, что с возу упало! А тем более, что его можно сказать, с возу вышвырнули! Значит, она как минимум истеричка... И потом...

— Да, его вышвырнули... А сам-то он ведь не ушел, дождался, пока вышвырнут, это о чем-то говорит?

— Это говорит только о том, что он там был... по инерции, по привычке. А я его поразила в самое сердце!

— Ну ты и наглая, Каринка!

— О, с тобой очень многие согласятся, Тонька, и прежде всего Алевтина Архиповна. Да, кстати, я ее встретила на свадьбе.

— И что?

— Она сказала, что я позорная баба и неприлично терлась о мужика!

— А ты об него терлась? — рассмеялась Тонька.

— Может быть. Мы с ним танцевали...

— Ну, судя по выражению твоего лица, определенно терлась!

Кузьма считал дни до приезда Карины. И хотя он был зверски занят и добирался домой уже за полночь, но перед тем как повалиться спать, обязательно смотрел на ее фотографию, сделанную на свадьбе. А иногда днем, в свободные минутки, если они выдавались, перечитывал их переписку и всякий раз счастливо смеялся.

И вдруг ему позвонила Ляля.

— Кузя, ты очень на меня сердишься?

— Да нет, все правильно, я даже рад. И благодарен тебе.

— Благодарен? За что? — опешила Ляля.

— Если б ты тогда не выгнала меня, я бы не встретил главную женщину в своей жизни. Так что без обид.

— Какую еще женщину?

— Я тебе сказал — главную.

— Где это ты ее встретил?

— Какая разница? И вообще, мне некогда! Желаю счастья!

— Ах ты, скотина, кобель проклятый, трахаешь все, что шевелится! Правильно я тебя вышвырнула, как шелудивого пса! Будь ты проклят, сволочь окаянная! — истерически вопила Ляля.

Он отключил телефон. Она перезвонила, он сбросил звонок. Выключить телефон не было возможности. «Господи, и как я мог вообще связаться с такой истеричкой и, главное, терпеть ее полтора года? Да, я отдал квартиру Дениске, но я же мог снять себе что-то, или останавливаться в гостинице... Совсем, видать, мозги набекрень были».

Она звонила еще семь раз, но он сбрасывал звонки. Наконец она вроде бы угомонилась. Он погрузился в дела. Через часа два раздался звонок. Номер был незнакомый.

— Алло! — отозвался он.

— Кузя, любимый, умоляю, прости, я с ума схожу при мысли, что своими руками вышвырнула тебя... Умоляю, вернись ко мне, я люблю тебя больше всего на свете. Я не верю, что ты встретил какую-то там главную женщину... Не верю! Ты просто так сказал, чтобы отомстить мне!

— Ты можешь думать, как тебе угодно. Но я больше не намерен терпеть твои выходки. Я сыт ими по горло. Поэтому прощай!

— Кузя! Кузенька, не бросай трубку, умоляю! Да, я погорячилась, я виновата, сто раз виновата, но я же это от любви!

— Знаешь, ты полюби кого-нибудь другого, который еще тебя не знает, а мне как-то неохота. Все! И не звони мне больше, бесполезно!

Он отключился. Он сам сознавал, что говорил убийственно ледяным тоном. Больше она не звонила. Слава богу! Но Степаныч прав. Если она узнает о Карине, может черт-те что устроить. Карина... У него в юности был друг Геворг Адамян, а у него была сестра, ее звали Каринэ, красивая милая девочка лет десяти, ходила со скрипочкой в музыкальную школу.

Дела громоздились одно на другое, казалось, что выкроить три дня будет просто невозможно, однако он с такой безумной энергией все утрясал и налаживал, что накануне приезда Карины выдохнул. «Надо же, управился! Правда, она приедет в начале второго и можно еще успеть забежать в налоговую... — Он предпочитал делать это лично. — И надо непременно купить ромашек... Они ей так идут!» У него сладко замирало сердце при мысли, что сегодня... И вдруг его охватил страх: «А вдруг сегодня не будет того волшебного ощущения звездолета? Вдруг она не понравится мне сегодня так, как нравилась прежде? Мы же еще совершенно не знаем друг друга, а в эсэмэсках слишком поторопились?»

Но вот «Сапсан» подкатил к перрону. У нее десятый вагон. А вот она появилась в дверях с маленьким чемоданчиком на колесах. Все сомнения мигом вылетели из головы.

— Кузьма!

Он схватил ее чемоданчик и протянул ей руку. Она выпрыгнула из вагона.

— Ну, привет!

Он сжал ее в объятиях и поцеловал в губы.

— Приехала! Я просто счастлив! Пошли!

— Ты на машине?

— Ну, конечно! Где твоя гостиница?

— Казанская улица, дом четырнадцать.

— Ну зачем ты все сама? Я бы поселил тебя...

— Кузьма, я привыкла к независимости, понимаешь?

— О господи, надеюсь, ты не феминистка?

— О нет!

— А в ресторане ты позволишь мне платить?

— Позволю! Я вообще люблю старомодную галантность.

— Понял! Я тоже ее люблю... Хотя однажды в Голландии я пропустил какую-то бабу вперед и придержал дверь, так она оскорбилась.

— Ну, мы же все-таки не в Голландии. Хотя я ужасно хочу прогуляться в Новую Голландию.

— Куда захочешь!

Он усадил ее в машину.

— Черт, как хочется тебя поцеловать, но тут невозможно, надо ехать.

Он остановился возле старого дома. Над подъездом был старинный довольно витиеватый козырек.

Они вошли. Возле лифта увидали указатель со стрелкой и надписью: «Рецепшн на втором этаже».

— Знаешь, ты иди, а я подожду в машине, ладно? Сколько времени тебе нужно?

— Десять минут! — засмеялась я. Надо же, он боится остаться со мной наедине... А впрочем, это прекрасно! Куда спешить? Успеем!

Номер оказался очень удобным, достаточно просторным, и все необходимое там было.

...Я быстро развесила вещи, взяла теплую шаль на всякий случай и, конечно, зонтик. Куда в Питере без зонтика? И побежала вниз.

Он сидел за рулем, уткнувшись в айфон. Я открыла дверцу и села с ним рядом.

— Ох, прости, заработался! Дай я хоть на тебя посмотрю! Выглядишь чудесно! Ну, по-моему, начать надо с обеда!

— Не возражаю! Кто-то обещал мне корюшку...

— Точно! Тогда поехали!

— Далеко?

— Да нет, это у Петропавловки! Как ты доехала?

— Прекрасно доехала!

— А как номер?

— Отличный номер, есть все, что нужно.

Разговор как-то не клеился. Оба были почему-то смущены. С этим надо что-то делать.

— Кузьма, знаешь, я хотела бы вообще-то пошляться по Питеру пешком и еще хотела бы выпить вина за обедом. Но выпить с тобой, может, ты оставишь где-нибудь машину?

— Гениально! Я живу на Кронверкском, там рядом моя стоянка. Здорово! А еще что ты хочешь?

— Все, что ты мне обещал, но это не главное.

— А что главное?

— Главное, я хочу увидеть твой агрокомплекс!

— Господи, зачем?

— Затем, что мне интересно знать, чем ты живешь... И вообще...

— Ты это серьезно?

— Абсолютно!

— Невероятно! — обрадовался он. — К сожалению, у меня в квартире ремонт, я не могу тебя туда пригласить. Я живу вот в этом доме! Но в следующий раз, когда ты приедешь...

— Так что насчет агрокомплекса?

— Это завтра. С самого утра.

Он поставил машину на стоянку, и мы пешком пошли в сторону Петропавловки. Перешли по деревянному мостику...

— Кузьма, я хочу покататься по Неве.

— Покатаемся! Но сегодня на моем катере не выйдет. Он стоит далеко отсюда... И потом, ты же хочешь вина...

— Да, вина и корюшки!

Мы шли, он обнимал меня за плечи, и это было так приятно...

— Вот мы и пришли!

Ресторан так и назывался «Корюшка»! Там была уютная веранда, где мы и приземлились. Нам сразу подали меню с картинками. Ресторан, несмотря на типично питерское название, был с грузинским уклоном, и все выглядело в высшей степени аппетитно.

— Здесь замечательные хачапури! Советую! Я лично люблю ачму!

— Ох нет, она слишком тяжелая для меня. А что такое пеновани? Я никогда не пробовала!

— Советую вам взять хачапури с тунцом! — сказал официант.

— Да ни за что! Тунец в Грузии не водится! Это бесстильно! — заявила я. — Хочу жареную корюшку, пеновани и белого сухого вина. У вас грузинское?

— К сожалению, грузинского нет. Есть чилийское, итальянское, французское...

— Дайте нам бутылку шардоне! И мне все то же, что и даме. А десерт мы потом выберем.

— Но ты же хотел ачму?

— Ты права, она вправду тяжелая. И загадай какое-нибудь желание, ты же никогда не ела корюшку!

— Два желания! Пеновани я тоже не ела!

— Тогда под пеновани и я загадаю! У меня будет полтора желания.

— Полтора это как?

— Одно желание, это понятно, и еще половинка — это чтобы наши желания совпали.

— Кажется, они уже совпали...

— Карина!

— Кузьма, это опасная тема, по крайней мере для обеденного времени. Это больше подходит для ужина.

— О! Согласен!

И корюшка с ткемали, и пресловутое пеновани оказались выше всяких похвал.

— Десерт не желаете? — осведомился официант.

— Мне только кофе, ристретто!

— Мне тоже! А потом пойдем по Неве?

— О, чувствуется моряк! Пойдем!

Нам повезло, и пароходик отходил через четверть часа. Маршрут был по рекам и каналам. Мы сели на палубе. С Невы веяло прохладой. Я накинула шаль. Кузьма принес пледы.

— Зачем?

— Надо! А то заледенеешь!

И вправду, когда мы вышли на середину Невы, подул пронзительно-холодный ветер. Кузьма накинул мне на плечи плед.

— А ты?

— И я!

Он и на себя накинул плед и обнял меня за плечи.

— Так хорошо?

— Не то слово! Спасибо! — И я поцеловала его в щеку.

Он сжал мои плечи так, что я охнула.

— Прости!

— Прощаю!

Кругом было волшебно красиво. Но я вдруг закрыла глаза и задремала.

Я проснулась оттого, что мне стало нестерпимо жарко.

— Где мы?

— На Фонтанке! Вон, видишь, Чижик-Пыжик?

— Мне жарко!

Он нежно стянул с меня плед и поцеловал в шею.

Через несколько минут он сказал:

— Помнишь, я обещал тебе Певческий мост?

— И что будет?

— Увидишь!

В самом деле, вскоре мы оказались под широким мостом, там было почти темно. Он повернул меня к себе и впился губами мне в губы. Я задрожала.

— Это было... сокрушительно! — пролепетала я, когда кончился мост, и посмотрела на часы.

Наша экскурсия подходила к концу. Мы вернулись в Петропавловку.

— Знаешь, Кузьма, этот мост был совсем узенький...

— Мне тоже так показалось.

— Тогда поехали в гостиницу... На необитаемый остров!

— Господи, Карина, я схожу с ума!

— А я, похоже, уже сошла!

Когда мы немного очухались, я вдруг заметила, что на столе в номере стоит большая корзина с фруктами. Когда я заселялась, ее не было. И вряд ли это дар от администрации, корзина была чересчур большой и роскошной. Откуда она здесь? Кузьма спал. За окнами было темно. Половина второго ночи. Ничего себе! Я ощутила зверский голод. Вскочила и подошла к столу. Схватила банан. Это было так вкусно!

— Любимая, иди ко мне!

— Откуда тут эти фрукты?

— Это рацион обитателей необитаемого острова. Принеси мне персик и грушу!

— Это ты постарался?

— Конечно!

— Когда ты успел?

— Какая разница! Главное, что успел! Ну, иди же ко мне! Я счастлив, как дурак! Ты чудо! Самое большое чудо в моей жизни. Если бы Лялька тогда меня не выгнала...

— Мы бы встретились на свадьбе.

— А на свадьбе я мог и не обратить на тебя внимания. И ты на меня. И ты была права, необитаемый остров куда лучше звездолета! Знаешь, я люблю тебя... Скажи, ты действительно хочешь посмотреть мое хозяйство?

— Действительно! А это далеко от города?

— Километров шестьдесят.

— Ерунда! Да, все хотела тебя спросить, ты на судне кем был? Капитаном?

— Да нет, старпомом. А Степаныч, мой водитель, боцманом!

— Нет, правда?

— Истинная правда!

— Как здорово!

— Что — здорово! — рассмеялся он.

— Никогда не видала живого боцмана!

— А старпома?

— Да и старпома тоже!

— Ну и как тебе старпом?

— Я бы сразу произвела его в адмиралы. Хотя...

— Что?

— Хотя вел ты себя не как адмирал, а как вырвавшийся на берег к своей девушке матрос-первогодок!

— О, я польщен! Но я скорее чувствовал себя, как Робинзон Крузо, на остров к которому волна выбросила прекрасную девушку, которая благодарна своему спасителю...

— Слишком литературно! Матрос-первогодок мне больше нравится, а Робинзон... Фу! Нечесаный, заросший, нет!

— Но Робинзон больше монтируется с необитаемым островом!

— Я придумала! Матрос-первогодок попал на необитаемый остров вдвоем с юной пассажиркой... Ну и что им еще делать на острове? Тем более матрос красивый и такой сильный... Девушка совершенно очарована им... да что там, влюблена без памяти... Он и раньше нравился ей, еще на судне, а теперь уж... она совсем потеряла голову...

— Каринка, ты сведешь меня с ума! У тебя такие фантазии...

— Это еще цветочки...

Утром мы позавтракали в соседнем кафе и на такси поехали на Кронверкский за его машиной.

— Ну что, любимая, в путь?

— В путь!

Погода была солнечная, но не жаркая. Я чувствовала себя безумно счастливой. Надо же, я второй раз в жизни встретила своего мужчину. Меня только повергла в ужас мысль о том, что нам все-таки придется расстаться, ведь мы живем в разных городах... Но, с другой стороны, в этом есть известная прелесть. Мы не надоедим друг другу, у нас не будет общего быта. С Лёней в быту было довольно просто, а как будет с Кузьмой? Но я не хотела думать о будущем. Так или иначе, жизнь сама все расставит по своим местам.

— Скажи, Кузьма, а у тебя очень большое хозяйство?

— Большое. Не гигантское, но и не маленькое. Увидишь!

— А с чего ты начинал?

— Начинал не я, а мой друг, я потом к нему примкнул. Он меня позвал. Я знаю языки, разбираюсь в технике, я ездил за границу учиться...

— А... этот твой друг, он жив?

— Жив, слава богу, просто он перенес тяжелую операцию на сердце и не может заниматься делами в полном объеме, а главное, совершенно не умеет общаться с чиновниками.

— А ты умеешь?

— Я умею! Я с ними разговариваю, как... боцман с салагами. Они меня побаиваются. Но уважают.

— Как юнги боцмана?

— Что-то в этом роде, — засмеялся он. — Но, конечно, попадаются такие тупые и наглые скоты...

— А у тебя не пытались твое хозяйство отжать?

— Пытались, конечно. Да все было, Каринка! И поджигали, и убить хотели... Но ничего, жив, как видишь! И вот везу любимую женщину показывать свое хозяйство, и это уже само по себе счастье!

— А скажи... Ты когда уехал со свадьбы, там был поджог?

— Нет. Несчастный случай. Молния ударила... такая глупость вышла... Один работник потерял мобилу. Кто-то ему позвонил, и в этот момент в мобилу ударила молния, а она валялась там, где сено лежало. Вот и занялось... По крайней мере так говорят пожарные. А ты мне тоже скажи, твои родители живы?

— Только мама. Отец давно умер. Был еще дед, он умер в прошлом году.

— А мама где живет?

— Мама? В деревне.

— Ты что, деревенская? В жизни не поверю!

— Да нет. Мама с дедом купили дом в деревне, дед, он был врачом, считал, что маме необходимо жить на воздухе, в деревне. И сам он обожал деревенскую жизнь, у них даже была коза... такая красивая... Она тоже умерла, ее собака покусала. Мама хочет другую завести. Я предлагала маме перебраться ко мне, но она ни в какую. Ей хорошо в деревне. А что с твоими родителями?

— Мои родители развелись. Отец с новой семьей живет в Петропавловске-на-Камчатке, а мама умерла, и сестра с мужем, они погибли, вот я и растил Деньку, хорошего парня вырастил...

— А ты с отцом общаешься?

— Да нет. Я ему не нужен, да и он мне как-то без надобности. Он даже на похороны дочери не приехал.

— Так может у него просто денег не было лететь из Петропавловска?

— Да ты что! Он на тот момент был помощником губернатора. Нахапал, будь здоров! Но даже денег на внука не прислал. Знаешь, я тогда пошел и поменял фамилию. Был Амелин, а стал Брагин, по маме.

— Крутой вираж!

— А вот мы и приехали.

— Тут что?

— Тут вроде как фасад. Офис, службы всякие. А вон там, видишь, под черепичной крышей? Это моя гордость. Сыроварня! Ты по-французски говоришь?

— Говорю, а что?

— Пошли, познакомлю с месье Роже. Удивительный тип! Впрочем, он хорошо уже говорит по-русски, но будет рад пообщаться на родном языке.

— Кузьма Филиппыч! — кинулся к нему какой-то парень. — Я чего-то не мог с вами связаться... А, хотя понимаю, — он чуть насмешливо покосился на меня. — Кузьма Филиппыч, без вашей подписи...

— Егор, я через полчаса приду и все подпишу. Полчаса ведь можно потерпеть?

— Запростяк!

Кузьма взял меня под руку и повел к сыроварне. Рядом стоял уютный домик с палисадником, где росли розовые мальвы и синий лупинус. Я сняла все это на телефон.

Навстречу нам вышел до смешного типичный сельский француз. Весьма упитанный, в беретке, в длинном белоснежном фартуке поверх клетчатой рубашки и с белоснежными моржовыми усами.

— О, Кюзьма, ты с дамой? — Он поцеловал кончики своих пальцев.

— Добрый день, мсье Роже, — заговорила я с ним по-французски, — рада с вами познакомиться!

— Мадам! Я счастлив! У вас прекрасный французский. Кюзьма привез вас похвастаться своими сырами? Вы пробовали наши сыры?

— О да! Они великолепны!

— Идемте, мадам, я покажу вам все и угощу самыми лучшими сырами!

— Благодарю вас, мсье Роже, я с удовольствием. Но давайте все же перейдем на русский, а то Кюзьма нас не понимает.

— И он будет ревновать!

— Вот именно!

Экскурсия продолжалась минут сорок, после чего Кузьма сказал:

— Роже, я оставляю мадам под твою ответственность, а мне нужно зайти в контору подписать бумаги! Каринка, ты не обидишься?

— Да нисколько, тем более что меня обещали угостить сырами.

— Иди, иди, Кюзьма. Роже никогда не обидит красивую женщину! Да и некрасивую тоже!

В маленькой уютной кухоньке был уже накрыт стол. Стояла бутылка красного вина, сыры, фрукты. Вдруг на кухню ворвался мальчонка лет десяти с французским багетом, завернутым в красивую бумагу.

— Хлеб! Я же знаю русских, им всегда нужен хлеб! Вы едите сыр с хлебом?

— Смотря какой сыр! Тут, по-моему, вполне можно обойтись без хлеба.

— Умница! — заявил мсье Роже, отламывая огромный кусок багета. И с жадностью стал жевать.

Я рассмеялась.

— Хотите? Здесь в пекарне пользуются настоящим французским рецептом! У меня бабушка была русская! Я обожаю хлеб, как ее внук, но именно французский хлеб, как сын своего отца! Хотите попробовать?

— Хочу!

— Тогда ломайте!

Багет и впрямь был очень вкусный! Как и сыры, и красное французское вино.

— Как вам живется в России? — спросила я.

— Знаете, хорошо! Я тут живу уже два года, я женился на русской женщине. О, это совсем другое дело, русская женщина! Она любит меня и зовет своим Рожочком. Мило, не правда ли? И, знаете, все, что мне обещал Кюзьма, когда звал в Россию, все он выполнил. Всё! Он очень надежный человек, мадам! Меня во Франции так пугали, говорили, какие русские ненадежные партнеры... Что меня тут непременно обманут или вообще убьют, а мне так хотелось в Россию, на родину бабушки, и хотелось научить русских делать сыр!

Тут появился Кузьма. Схватил кусок багета, положил на него два куска разного сыра и стал есть.

— Варвар! — всплеснул руками мсье Роже.

— Ничего, сойдет!

— Если бы вы знали, мадам, как я ненавижу два русских слова! Ничего и сойдет!

Кузьма засмеялся с полным ртом. Прожевав, заявил:

— Я никогда не употребляю этих слов в работе! Но применительно к своему желудку имею право!

— Что значит применительно?

— По отношению. Понял, нет?

— Да понял, понял!

— Карина, он тебя не споил?

— Да нет, я вполне трезва.

— Тогда поехали дальше!

— Если бы ты знал, какую рекламу тебе сделал этот француз!

— Да? Интересно!

— Нет, я тебе не скажу! А то вдруг не оправдаешь...

— Ну, тебе понравилось?

— Что?

— Ну то, что ты тут видела?

— Очень, мне очень понравилось!

Он возил меня по полям, по фермам, я только диву давалась. Особенно меня потряс коровник. Так царила поистине корабельная чистота. Коровы все лоснились, пахло вопреки ожиданиям не навозом, а травой.

— Ты как к парному молоку относишься?

— Знаешь, я никогда не пила парного молока от коровы, только от козы, но это невкусно.

— Попробовать хочешь?

После сыров мсье Роже прошло уже около трех часов. Можно попробовать молоко...

Кузьма что-то сказал пожилой женщине в белоснежном халате. Та улыбнулась и кивнула.

— Пошли!

Он привел меня в маленькую комнату, где стоял круглый стол и несколько стульев. И через несколько минут нам принесли кувшин молока и тарелку с толстыми ломтями черного ноздрястого хлеба, от которого шел поистине головокружительный запах. Кузьма разлил молоко по кружкам.

— Пей, моя радость!

Мне было немного страшно, а вдруг мне не понравится? Но я не могу его разочаровать, пусть не понравится, все равно притворюсь, что в восторге. Но мне понравилось. Я выпила полкружки.

— А вкусно!

— И хлеб попробуй!

— Обязательно!

Такой черный хлеб я ела однажды в жизни, когда ездила с Лёней на выбор натуры и мы купили хлеб в деревенской лавке.

— Кузьма, это тоже у тебя пекут?

— Конечно! Но хлеб мы пока печем только для своих. У нас нет таких мощностей, чтобы поставлять его в торговлю.

— Потрясающе!

— Как парное молочко?

— Вкусно, но я все же предпочитаю холодное.

— Если честно, я тоже, — засмеялся он.

— Скажи, а эти коровы... Они молочные, да?

— Да. Мясных мы не разводим. Там все по-другому...

Когда мы вышли во двор, к нам подошла бойкая молодая бабенка:

— Филиппыч, а Филиппыч, это что, невеста твоя или так, дамочка?

— Дамочка, — поспешила ответить я. Мне не хотелось ставить его в неловкое положение.

Он вспыхнул:

— Это моя любимая женщина! А без ее согласия объявлять ее невестой я не смею. Все понятно?

— Вона как! — фыркнула бабенка и убежала.

А я поразилась его такту.

— Карина... — начал он, но тут подошел мужик лет сорока.

— Филиппыч, глянь, это то, про что ты говорил? — Он сунул Кузьме какой-то листок.

— Да! Вот теперь то самое! Можешь ведь, когда хочешь!

— Да я всегда хочу, но... А баба у тебя, Филиппыч, просто шикардос!

И с этими словами он ушел.

А я начала хохотать!

— Ты чего, Каринка?

— Шикардос! Какое роскошное слово!

— Что, раньше не слыхала?

— Нет.

— А досвидос?

— Досвидос слыхала.

— А что! Моя баба и впрямь шикардос! А знаешь... Имя Карина очень красивое, очень, но слишком торжественное, что ли... Можно я буду звать тебя Любимкой?

— Любимкой? Можно! Мой муж тоже почему-то считал мое имя торжественным. И звал меня Марфушей.

— Марфушей? Забавно. Но для меня ты теперь Любимка.

— Любимка Шикардос?

— Именно! Ну, Любимка Шикардос, поехали!

— Куда?

— А куда прикажешь. Экскурсия окончена.

— Ну, спасибо, это было невероятно интересно.

— Честное слово?

— Ей-богу!

— Знаешь, я безумно рад и благодарен тебе.

— Вот что, поцелуй-ка меня в знак благодарности, а то я уже соскучилась по твоим поцелуям.

— Любимка моя! Только давай немножко отъедем, а то тут народ соберется...

— Согласна!

И вскоре мы уже целовались с ним посреди проселочной дороги. Это было прекрасно!

— Ну все, хватит, а то... Поехали обедать!

— Обедать? Да после сыров и молока с хлебом какой обед? — ужаснулась я.

— А я голодный! Ты съешь какой-нибудь десерт, а я поем горячего.

— Да! Прости, я была неправа!

— Тут недалеко есть славное кафе...

Он ел борщ, потом жареную рыбу, а я сидела с чашкой кофе и любовалась им.

— Мне нравится, как ты на меня смотришь, — сказал он.

— А мне нравится на тебя смотреть.

— Сегодня, наверно, самый счастливый день за долгие годы.

— Скажи, Кузьма, а сколько у тебя было жен?
— Думаешь, я Синяя Борода?
— Я просто не в курсе.
— Официальных две, ну и еще две гражданские... Так что ты будешь третьей законной! Ты чего смеешься? Ты не хочешь быть моей женой?
— Хочу! Даже очень хочу! Но просто опять...
— Что опять?
— У него четыре дуры, а я дура пятая! Знаешь такую частушку?
— Знаю! Но в данном случае все не совсем так. Ты первая умная.
— Удивительное дело, чего вы так спешите жениться на дурах? Но, надеюсь, твои дуры не станут меня травить?
— С ума сошла! Кто ж им позволит! И потом, первая давным-давно замужем, она сама меня бросила. Вторая живет в Хорватии... Да и вообще, я ж не знаменитый режиссер!
— Но ты крупный бизнесмен!
— Это ты так считаешь, а я вот в прошлом году случайно столкнулся со своей третьей... Так она эдак презрительно скривила губки и сказала: «Говорят, ты теперь коровам хвосты крутишь?»
— Дура!

— А я о чем? Так ты мне не ответила, ты будешь пятой?

— Буду, куда я теперь от тебя денусь? Вернее, без тебя!

— Любимка моя!

— Да, скажи, а Ляля входит в число этих твоих жен?

— Нет, Ляля это так...

— Но почему же у нее было столько твоих вещей?

— Да ну... Это ерунда, я просто останавливался у нее, бывая в Москве. Ну и оставлял какие-то вещи. Я вообще давно хотел слинять... — несколько смутился он.

— Да, боюсь нам с тобой не поздоровится...

— Что ты имеешь в виду?

— Но она же может нас увидеть...

— Да плевать я на нее хотел! Не хочу я в такой счастливый день говорить о Ляле. А кстати, ты вообще с ней знакома?

— Да нет, я даже не знаю, как она выглядит. Ну что у нас дальше по плану? Может, музей кошек?

— Нет, к кошкам завтра пойдем, туда надо записываться!

— Даже так!

— Предлагаю...

— Погоди, я немножко устала от впечатлений...

— Поедем в гостиницу?

— Да нет, давай просто спокойно побродим по городу, никуда не спеша...

— Согласен.

Он опять поставил машину на стоянку, и мы пошли пешком. Идти с ним было хорошо, удобно, он то держал меня под руку, то клал руку мне на плечи. Мы даже почти не разговаривали, мы словно приноравливались друг к другу. И нам было хорошо. Мы перешли по мосту через Неву. И зашли в Летний сад. Сели на лавочку.

— Любимка, я тебя замучил?

— Да нисколько. Мне давно не было так хорошо! И погода сегодня такая чудесная.

— Значит, у тебя еще есть силенки?

— Что ты задумал?

— А слабо потанцевать?

— Потанцевать? Нет, не слабо! А где?

— Я отвезу тебя туда на такси.

— Надеюсь, не в дискотеку?

— Нет, в очень даже шикарное заведение.

— А в таком виде меня туда пустят?

— Да, могут не пустить. Да и меня тоже...

— Ну и черт с ними! А куда-нибудь попроще? Или нет... поехали просто в гостиницу. Я соскучилась по тебе. Если проголодаемся, в гостинице есть ресторан...

— Любимка, я тебя правильно понял?

— Совершенно правильно! У нас там еще фрукты остались... Не пропадем...

— А там недалеко можно купить прекрасные пироги, чаю выпьем... И будем вдвоем до самого утра...

— Принимается!

Утром Кузьма объявил:

— Завтракать пойдем в «Асторию»! Я угощу тебя самым вкусным десертом, какой только можно придумать. А оттуда рукой подать до музея кошек.

— Да? И что это за десерт?

— Фисташковый крем «Баваруа». Стыдно признаться, но я, когда бываю возле «Астории» и у меня есть каких-нибудь сорок минут, я заскакиваю туда и беру этот крем.

— С ума сойти! Он очень сладкий?

— Да в том-то и прелесть, что почти не сладкий!

— Интересно! Хотя позавтракать можно и здесь, у меня завтрак оплачен, а ты можешь оплатить на рецепшн.

— Да ерунда! Пошли в «Асторию»!

— Ну что с тобой делать, пошли!

Мы опять шли молча. Меня точила одна мысль. Он считает, что наша женитьба — дело решенное, но как это все будет? Мне придется переехать в Питер. А моя работа? Быть просто домашней хозяйкой при безумно занятом муже, это не про меня. Я видела вчера его хозяйство, оно требует неусыпного внимания. А что буду делать я?

— Любимка, ты о чем задумалась?

— Да так...

Я не хотела сама поднимать эту тему. А, ладно, как-нибудь все устроится, но главное, что Кузьма совершенно мой человек и мужчина тоже. Ну, в конце концов, и в Питере можно найти работу. Будь что будет, лишь бы быть с ним!

Мы выбрали столик у окна.

— Заказывай все сам! — сказала я. — Ты наверняка тут ел не только крем!

— Это правда!

Сделав заказ, он сказал:

— Я отлучусь на минутку!

— Отлучись!

А я достала телефон. Вчера вечером я обнаружила три неотвеченных звонка от Тоньки. Надо ей звякнуть и сообщить, что все в порядке. Но не успела я набрать номер, как услышала мужской голос:

— Карина, ты?

Я подняла голову. Передо мной стоял поистине роскошный мужчина, слегка восточного вида.

— Господи, Ильяс, это ты? — ахнула я.

Это был Ильяс Абдрашитов, звезда мировой оперы и мой бывший сосед.

— Каришка, как я рад тебя видеть! Ты потрясающе выглядишь!

— А ты вообще, Ильяс, просто... нет слов! Какими судьбами?

— Да вот Гергиев пригласил участвовать в одном проекте... И еще тут снимают сюжет обо мне... Ну как ты? Ты с кем здесь? Я знаю, что ты... теперь одна... И я тоже один. Развелся!

— И я уже не одна, и у тебя, думаю, с этим нет проблем. Я в курсе, какую ты сделал карьеру! Молодец!

И тут возник Кузьма. Выражение его лица меня даже слегка напугало.

— Вот, Ильяс, познакомься, это Кузьма Брагин, мой...

— Будущий муж! — внес ясность Кузьма.

— О, очень рад! Ильяс Абдрашитов! Мы с Кариной были когда-то соседями! Вам, сударь, повезло! Карина чуднейший человек и просто восхитительная женщина! Каришка, ты дай мне свой телефон, я буду в Москве и хочу пригласить тебя на концерт!

— О, с удовольствием, Ильяс!

И я протянула ему свою визитку.

Он протянул мне свою.

— Извините, я должен спешить! — сказал Ильяс и легонько и незаметно для Кузьмы мне подмигнул.

— Карина, что это значит?

— Ты о чем?

— Кто этот мужик?

— Ильяс Абдрашитов, звезда мировой оперы. У него сказочный бас-баритон. Он жил с нами на одной площадке. Учился в Консерватории, а после какого-то конкурса его пригласили петь в Вену. Теперь он поет по всему миру!

— У тебя с ним что-то было?

— Да никогда!

— А он красивый!

— И что?

— А почему он сказал, что ты восхитительная женщина?

— А ты с ним не согласен?

— Но я-то с тобой...

— Кузьма, прошу заметить, он не сказал, что я восхитительная женщина в постели.

— А зачем ты дала ему телефон?

— Потому что очень хочу пойти на его концерт. Он великолепно поет. А достать билеты в Москве практически невозможно!

— Ты почему сердишься?

— Потому что я не давала тебе поводов для ревности. А ты ревнуешь! Ты сразу скажи, если ты собираешься ревновать меня ко всем особям мужского пола...

— Извини, но просто я вышел на минутку, а тут такой экземпляр...

— Знаешь, в моей жизни, так уж случилось, вокруг было много великолепных экземпляров, многие снимались в фильмах моего мужа, я знакома с прорвой знаменитых и иной раз ослепительно красивых артистов, и ты ко всем будешь меня ревновать?

— Откуда я знаю! Может, и буду...

— Мой муж умер пять лет назад, и за эти годы я не приблизила к себе ни одного, как ты выражаешься, экземпляра... потому что мне нужен не мужик вообще, а мой человек. И мне показалось, что ты именно такой... мой человек... Именно поэтому я так легко и быстро с тобой сошлась.

— Прости меня, и не надо сердиться! Я, видимо, чего-то не понял...

— Чего ты не понял?

— Карина, прошу тебя, давай оставим эту тему!

— Хорошо, оставим!

Нам подали роскошный завтрак, а фисташковый крем и впрямь был невероятно вкусным. Просто чудо!

— Нравится? — спросил он.

— Не то слово!

Мы вышли на улицу. Вдруг начал накрапывать дождик. Зонтов у нас не было. И он потянул меня обратно в «Асторию». Мы сели в вестибюле. У меня вдруг возникло ужасное чувство, что все кончилось. От прежнего восторженно-влюбленного состояния не осталось и следа. Кузьма тоже был задумчив.

— Знаешь, Кузьма, ты извини, но... я не хочу никуда идти. Я неважно себя чувствую.

— Что случилось?

— Ничего! Хотя нет, вру... Случилось, и с тобой тоже.

— Что?

— Ты, похоже, понял, что мы как-то ужасно поторопились с нашими планами...

Он внимательно посмотрел мне в глаза. В его глазах я не увидела того тепла и любви, что были еще полтора часа назад. В них была настороженность.

— Разве я не права?

— Да, пожалуй, права...

— Ну вот... Последняя просьба, я хотела бы уехать уже сегодня. Помоги мне поменять билет.

— Карина!

И никакой больше Любимки Шикардос, прошу заметить!

— Что, Кузьма?

— Нет, это все как-то... неправильно... Я думал, у нас любовь...

— Я тоже так думала, а вот сейчас чувствую, что мы оба ошиблись, по-видимому. Мы провели два прекрасных дня и две прекрасные ночи и спасибо судьбе за это. Слава богу, мы не успели наделать каких-то глобальных глупостей... Вовремя одумались.

— Наверное, ты права.

Он достал айфон и занялся билетами.

— Сможешь уехать сегодня трехчасовым «Сапсаном». Я тебя провожу!

— Спасибо.

Он вызвал такси. Мы доехали до гостиницы. Я собрала вещи. До поезда оставалось еще больше двух часов.

— Кузьма, я... не надо провожать, я сама уеду. Ты лучше иди, зачем это уже? Не стоит.

— Да, пожалуй, я поеду. Прости, я не знаю, в чем дело, что произошло, но пусть будет так! Прощай и прости, если я виноват.

И он ушел.

Нет, я не прощу! Никогда не прощу! Мне казалось, что я вот-вот разревусь, но слез не было, только комок в горле.

За что она так со мной? — думал Кузьма. — Я ничего не понял. Неужели из-за этого певца? Ну, конечно, такой роскошный кобель, да с мировым именем, а кто я? Фермер! Хвосты коровам кручу! А она дамочка образованная, светская, запала на меня похоже просто с голодухи, сама же говорит, со смерти мужа пять лет у нее мужика не было, вот и повелась, а как этот знаменитый хрен нарисовался и наговорил ей комплиментов, да еще телефончик попросил, она и поплыла... Хотя чего врать самому себе, закралась у меня мыслишка, что не очень-то мы с ней монтируемся, а она, видать, считала эту мыслишку и повернула все так, будто это я виноват... Черт, черт, черт! А она такая... Я лучше не встречал! Но жизнь мою она бы исковеркала! Разве такая жена мне нужна? С ее столичными замашками... Зачем ей я? Воображаю, как она будет рассказывать подружкам... Скажет небось, что я даже не проводил ее... Да ерунда все это, просто зелен виноград. Она слишком хороша для меня. Я сам себе не верил, что это моя женщина... И сам, идиот, все испортил. Зачем надо было тащить ее в «Асторию»? Ведь если б не этот татарин или кто он там, все могло бы быть прекрасно. Сейчас, да, возможно. Но хуже было бы, если б мы поженились. Сколько крови мы бы друг другу попортили... Я сорвал бы ее с работы, с привычного места... А если это не любовь, то вскоре она бы винила меня, а я сходил бы с ума от ревности... Нет, все к лучшему. И нету никакой любви. Нету! Встретились, потрахались вволю, потешились мыслями о любви и благополучно разбежались. Слава богу, не глубоко увязли, просто не успели. Но почему же хочется завыть в голос? Или напиться до потери пульса? Почему так болит сердце? Или это не сердце, а душа? Может, плюнуть на все, я еще успею на вокзал, догнать поезд, вытащить ее из вагона, бухнуться на колени прямо на перроне, молить о прощении, сказать, как я люблю ее? — Он посмотрел на часы. — Поздно, поезд уже ушел! В прямом и в переносном смысле. Значит, не судьба!

До последней секунды я надеялась, что он все-таки примчится на вокзал, вытащит меня из вагона, обнимет и скажет: «Прости, Любимка!» Не примчался... Значит, все правильно и я не нужна ему. А зачем ему нужна такая столичная дамочка? А он мне зачем нужен? Не знаю, но зачем-то нужен, так нужен... Но поезд тронулся. Поезд ушел, в прямом и переносном смысле!

Я вернулась домой совершенно разбитая. Зазвонил мобильник. Я вздрогнула. Но звонила Тонька.

— Ну как ты, подруга? Блаженствуешь в северной столице?

— Тонька, милая, мне так хреново!

— Что стряслось? Ты вообще где?

— Дома.

— Нужна реанимация? Я сейчас приеду!
— Да, Тонечка, пожалуйста! Кирилл еще не вернулся?
— Да нет, только через неделю вернется.

Через полчаса Тонька примчалась.

— Ну ни фига себе видок! Что случилось? Или вернее, чего не случилось?

Я рассказала ей все.

— Я так понимаю, во всем виноват Ильяс?
— Мне так показалось.
— А ты не поспешила с выводами?
— Может, и поспешила... Но он же это принял. Значит, были такие мысли. Я просто первой... поставила точку, и от этого мне легче.
— Чепуха! А может, он и не собирался ставить точку?
— Но ведь поставил же! Я до последней секунды надеялась, что он примчится за мной на вокзал... И вот до сих пор не позвонил, не прислал эсэмэску. Просто поставил жирную точку.
— И слава богу! Значит, все правильно. Скажи, а Ильяс...
— Что?
— Он как на тебя смотрел?
— Нормально смотрел. Наговорил комплиментов, только и всего.
— А если он позвонит?

— Ну позвонит, и что?
— На концерт пойдешь?
— Откуда я знаю, какое у меня тогда будет настроение! Да он скорее всего и не позвонит, просто не вспомнит.
— А мне почему-то кажется, что позвонит. И если оставит два билета, возьми меня! Я от его голоса тащусь!
— Договорились!
— Я тут третьего дня видела его по «Культуре». Он пел Дона Базилио и Мефистофеля. Обалденно!
— Рада за тебя. А мне он, похоже, жизнь сломал.
— Каришка, не будь дурой, если это счастье так легко сломалось, так чего оно стоило? Грош! Ломаный грош в базарный день! А вообще, лучше всего тебе сейчас куда-нибудь смотаться. За границу!
— У меня денег нет. Да и неохота...
— И что? Будешь киснуть дома?
— Значит, буду киснуть.
— Очень умно!

Время шло. Дела так закрутили Кузьму, что даже и вспоминать Карину времени не было. Так, изредка щемило сердце. И все.

Он заехал на сыроварню.

— О, Кюзьма, давно не бывал! А почему темный такой?

— Темный?

— Да нет... как это... мрачный, вот! Почему такой мрачный? Кризис?

— Да нет, дела идут неплохо, даже прибыль есть и немалая.

— А, я понял, твоя прекрасная Карина уехал, да? Когда теперь приедет?

— Не приедет она. Бросила она меня!

— Как это бросила? Ты неправильно! Она не мог!

— Мог, еще как мог!

Роже внимательно посмотрел на друга, покачал головой и достал из шкафа бутылку красного вина.

— Сядь, Кюзьма, мы сейчас попьем вина, закусим нашим сыром, и ты мне все рассказать!

— Да что рассказывать...

— Я видать, она тебя любил... Роже в этом понимает!

Он разлил вино по стаканам, достал сыр и виноград.

— Давай выпьем за... за...

— Нет, просто выпьем, без тостов!

— Можно и просто. Ну, а теперь рассказать. Что такое случилось с твоя девушка?

Кузьма подумал: «Если расскажу, может, полегчает?» Он рассказал. Не полегчало. Роже постучал себя кулаком по лбу.

— Кюзьма, ты дурак! Совсем дурак! И это... забыл слово, а... трус! Ты трус, Кюзьма! А Карина умная, поняла, что ты боялся, человеку и женщине всегда легче, если он уходил первый! Вот и все! А я знаю этот певец, я любить опера! Его знает весь мир... и...

— Вот именно! Его знает весь мир, а я кто?

— А ты дурак! Ревнёвый дурак!

— Не ревнёвый, а ревнивый!

— Какой разница? Ты же меня понял!

— Ни черта я не понял. Только одно — мы с ней не пара.

— Ты как это... муж овца?

— Муж овца? — фыркнул Кузьма. — Баран!

— О! Ты баран, Кюзьма! И я не хочу больше говорить про эта бедная девочка. Все!

Кузьма остался ночевать у Роже. А тот ушел к жене. Кузьма долго ворочался с боку на бок, а потом вдруг решился. Схватил телефон. И набрал ее номер. Будь что будет! Но ничего не было. «Такой номер не существует!» — ответил ему телефон. «Значит, она сменила номер, не хочет, чтобы я ей дозвонился. Ну что ж, все ясно. Или чтобы ей не дозвонился этот татарин? — закралась спасительная мысль. — Хотя нет, она дала ему свою визитку, там наверняка есть ее домашний телефон... и рабочий, вероятно, тоже. А мне она своей визитки не дала... Ну и черт с ней!»

Я сменила телефон и удалила из памяти номер Кузьмы. Не хочу! Я была так обижена, так зла на него... Каждый раз, входя в свой подъезд, я волей-неволей вспоминала, как вот на этом подоконнике складывала его вещи... и даже не подозревала, сколько боли мне причинит этот человек. За что? За знакомство с Ильясом? Бред!

Между тем лето кончилось. Начались занятия в институте, да еще мне предложили читать курс в театральном училище. Я обрадовалась. Но времени теперь совсем не было. Ну и прекрасно!

Большинство первокурсников в театральном вообще смутно представляли себе, что такое живопись. Один мальчик редкой изысканной красоты, москвич, из вроде бы интеллигентной семьи как-то спросил:

— Карина Георгиевна, это правда, что Гоген по пьяни отрезал себе нос?

— Пименов, вы это серьезно?

— Ну я что-то такое слышал...

— Ну, во-первых, не Гоген, а Ван Гог, во-вторых, не нос, а ухо... И вообще, в следующий раз, когда у вас возникнет подобный вопрос, справьтесь в Интернете, чтобы не позориться. Впрочем, кажется, здесь только я считаю, что вы опозорились! И это весьма прискорбно!

Я была в шоке, но когда поделилась своим впечатлением с преподавателем литературы, он только плечами пожал:

— Карина, это что... Вот в прошлом году была одна абитуриентка, я спросил ее, читала ли она «Три сестры». Она твердо ответила, что читала. Я попросил вкратце пересказать сюжет. — Он выдержал паузу.

— И что?

— Она начала пересказывать своими слова... «Сказку о царе Салтане»!

— Три девицы под окном?

— Именно! Так что, коллега, советую уже ничему не удивляться. Но, как я понимаю, они исправно посещают ваши лекции?

— Слава богу!

— Знаете, они научатся, усвоят, артисты, это такой народ... Ну не все, конечно, но к третьему курсу вам вряд ли уже придется за них краснеть. Когда-то Михаил Ильич Ромм написал в дневнике, а к слову, он превыше всех писателей ценил Льва Толстого, так вот, он записал в дневнике: «У меня есть два студента, один знает о Толстом даже больше, чем я, а другой вообще не знает о его существовании».

— И это были Тарковский и Шукшин, знаю!

В конце октября были объявлены два концерта Ильяса.

И вдруг он позвонил:

— Карина, привет, это Абдрашитов!

— Здравствуй, Ильяс!

— Что с твоим мобильным? Я не мог дозвониться и вот звоню на домашний! Рад тебя слышать! Как ты? Будущий муж все еще будущий или уже сыграли свадьбу?

— Да нет, мы расстались.

— Да? Тебя это огорчает?

— В меру.

— Ты сможешь прийти двадцать седьмого на мой концерт?

— О, конечно, с удовольствием!

— Тебе есть с кем пойти?

— Да, разумеется!

— Тогда я оставлю два билета у администратора на твое имя.

— Спасибо огромное, Ильяс!

— Я тебе еще позвоню из Москвы.

— А сейчас ты откуда звонишь?

— Из Лиссабона!

— О, я польщена! Спасибо, Ильяс!

Я обрадовалась, даже очень. Я так давно не была в Консерватории и вообще люблю хорошее пение, а Ильяс поет удивительно! Недаром он сделал такую карьеру! Я помню, он еще учился и частенько заглядывал ко мне по-соседски, мы болтали обо всем на свете, и я видела в нем старшего брата. Он старше меня на четыре года. Но никаких романтических отношений у нас не возникало. Он рассказывал мне о своем романе с девушкой из Колумбии, невероятной красавицей Консепсьон, она училась на фортепьянном, Ильяс был сильно влюблен... А однажды я возвращалась из универа достаточно поздно, ко мне на улице пристал какой-то пьяный парень. Я была девушка не робкого десятка и пыталась его отшить. Он вроде бы отстал, но когда я вошла в наш двор, он вдруг выступил из темноты, схватил меня мертвой хваткой. Вот тут я испугалась. Он поволок меня куда-то, от испуга я даже кричать не могла, но тут откуда ни возьмись появился Ильяс и так двинул парню промеж глаз, что тот рухнул на асфальт. А Ильяс прошипел:

— Если еще хоть на полметра подойдешь к этой девушке, я тебе яйца отрежу, козел вонючий!

Больше я этого парня никогда не видела. А в тот вечер я была в восхищении. Ильяс прочитал мне лекцию о том, что приличной девушке нельзя одной ходить по темным улицам.

— Что, у вас там, на истфаке, нет нормального парня, который пошел бы тебя провожать?

— Да как-то я таких не заметила, Иличка!

На следующий день он принес мне газовый баллончик.

— Вот! И чтоб всегда носила с собой. И не в сумочке! Идешь поздно одна, держи баллончик в руке. Обещай мне!

Я пообещала и так и делала. Но больше никто ко мне так грубо не приставал. Хотя заигрывали, бывало. А после Консерватории Ильяса пригласили в Вену. И он надолго пропал, а потом появился, когда я уже вышла замуж, сперва на полгода за Виктора, а потом и за Лёню. Ильяс появлялся в Москве крайне редко, я иногда встречала в подъезде его маму, удивительно милую и красивую женщину Наилю Сабуровну. Она преподавала в ЦМШ, учила талантливых детей играть на скрипке. А потом она уехала к сыну. А я получила в наследство квартиру, и мы с Лёней туда переехали. И вот эта встреча в «Астории»... Самое странное, что я уже через неделю перестала тосковать по Кузьме. Приказала себе перестать и перестала! Просто решила — это был приятный эпизод, замечательный секс, ну и все! Нахлынула страсть после пятилетнего воздержания, вот и померещилось невесть что. Выходит, Ильяс снова спас меня. Как интересно!

До концерта Ильяс не позвонил. Ну и что с того? Мы с Тонькой причепурились и поехали в Консерваторию. У входа в Большой зал творилось какое-то безумие. Мы едва пробились к входу. У окошка администратора стояла очередь.

— Ой, а вдруг он забыл? — причитала Тонька.

— Уверена, что не забыл.

— Тогда почему не позвонил?

— Замотался!

— А если все-таки забыл?

— Значит, пойдем в кафе, только и всего!

— Да ну...

Но тут подошла наша очередь.

— На имя Дубровиной! — выпалила я.

— Кто оставлял?

— Абдрашитов.

— Вот, пожалуйста. И еще просили передать этот конверт!

— Ой, что там, Каринка?

— Откуда я знаю! Погоди, давай выберемся из толпы!

В конверте поменьше лежали билеты. В четвертый ряд партера.

— Круто! — воскликнула Тонька. — А что в другом?

— Сейчас поглядим.

Я достала из второго конверта записку.

«Каришка, милая, прости, что не позвонил, чудовищно замотался! У меня к тебе просьба! Позови меня завтра днем в гости, у меня будет три часа свободных, безумно хочется вспомнить молодость, посидеть, поболтать с тобой. Я не приглашаю тебя в ресторан, чтобы не бросаться в глаза и не провоцировать дурацкие слухи. Если это возможно, сбрось мне на телефон одно слово «да» и адрес! Я свободен с двух до пяти! Прости за нахальство! Всегда твой Ильяс».

«Ну ни фига себе!» — подумала я.

— Что там, Каринка, покажи, — потребовала Тонька.

Я сунула ей записку.

— Ну ни фига себе! — воскликнула она. — Позовешь его?

— Конечно!

— А за кулисы пойдешь?

— Нет.
— Почему?
— Он же ясно написало — чтобы не провоцировать дурацкие слухи.
— Ух ты!

В четвертом ряду партера, слева от прохода два крайних места, то есть в самом центре.
— Круто! — сказала Тонька.
В первом отделении Ильяс пел с оркестром арии из опер, а во втором — романсы Чайковского, Даргомыжского и Рахманинова.
— Каринка, ты почему ему цветы не купила?
— Думаешь, надо было?
— Думаю, ему было бы приятно.
— Дура я потому что. Конечно, надо было купить.
— А давай в антракте сбегаем.
— Хорошая мысль! Тем более места такие, что сам бог велел преподнести цветы... Что ж ты меня раньше не надоумила?
Вдруг сидевшая рядом пожилая дама, видимо услышавшая наш разговор, сказала:
— Девушки, вы успеете, тут около Малого зала торгует одна женщина, у нее дорого, но зато

цветы прекрасные. А концерт начнется с оркестровой пьесы.

— Я сбегаю! — вызвалась Тонька.

Я опомниться не успела, как она уже умчалась. Через несколько минут стали выходить оркестранты настраивать инструменты. Вообще я люблю эти моменты, но сегодня я жутко нервничала, а вдруг Тонька опоздает и ее не пустят в зал?

Вышел дирижер, раскланялся. Это был очень знаменитый дирижер. И тут рядом со мной плюхнулась Тонька. С тремя дивными розами в руках.

— Держи!

— Спасибо!

Розы были изумительные, нежно-сиреневого цвета, крупные и очень свежие.

— Спасибо вам! — шепнула я пожилой даме. Она держала в руках желтые хризантемы.

— Советую подарить розы после первого отделения, до конца второго они могут не дожить.

— Спасибо вам огромное!

Она ласково улыбнулась.

Оркестр играл «Шахерезаду» Римского-Корсакова.

Я не могла дождаться, когда она наконец завершится. И чего я с таким нетерпением жду выхода Ильяса?

Но вот, наконец, Ильяс стремительно выходит из-за кулис под шквал аплодисментов. Он начинает с арии Грязного из «Царской невесты». Боже, как он поет! По спине у меня побежали мурашки. И как он изменился за эти годы! В «Астории» я этого как-то не заметила. Он словно стал выше, раздался в плечах. Каштановые волосы красиво пострижены. На нем какой-то черный сюртук с черной же рубашкой без галстука. Ему все это идет. С ума сойти! Когда он допел арию, Тонька зашептала мне на ухо:

— Ты сама-то веришь, что он к тебе на обед напросился?

— Нет, если честно! Скажи, хорош?

— Не то слово!

Он завершил первое отделение куплетами Мефистофеля. Что началось в зале! Бабы с цветами ринулись к сцене... Он принимал букеты красиво, неравнодушно, словно любуясь каждым. Толпа схлынула. Он ушел за кулисы. А я все сидела. Все-таки не зря я была женой режиссера. Аплодисменты продолжались, и он снова вышел на поклон. Вот тут я вскочила и шагнула к сцене. Он заметил меня, широко улыбнулся, наклонился, принял букет, взял мою руку и поцеловал.

— Я приду завтра? — шепнул он едва слышно. Но я расслышала!

— Да!

И я вернулась на место с гулко бьющимся сердцем.

Он еще раскланивался, поднимал оркестр и наконец ушел опять. Начался антракт.

— Девушка, вы с ним знакомы? — полюбопытствовала благожелательная дама.

— Мы когда-то были соседями.

— А!

— Ох, Каринка! Это будет такой геморрой! Еще почище, чем с Корецким!

— Да ну, ничего не будет. Придет, поболтаем, молодость вспомним, только и всего!

— А чем кормить будешь? — забеспокоилась рачительная Тонька. — Время-то обеденное!

— Пирог его любимый испеку!

— Это какой?

— С яйцами и зеленым луком! Из тонкого теста.

— Ну, одного пирога мало!

— Бульон сварю.

— А на второе?

— На второе рыбу. Он обожает рыбу! Ну и лимонное желе, тоже он когда-то любил...

— О, ты помнишь, что он любил!

— Да я ж начала готовить лет в пятнадцать, папа умер, а мама тогда вообще ни на что не была способна от горя... Надо ж было ее кормить, иначе она бы зачахла, и я с ней заодно. Мне нравилось готовить, а Ильяс пробовал все, что я готовила.

— А как твоя мама относилась к твоей дружбе с ним?

— Нормально. Она хорошо знала его мать, так что... И потом дед вскоре увез ее в деревню, а я считалась весьма разумной особой, меня не боялись оставлять одну. Ох, с самого утра надо бежать в магазин.

— Лучше смотайся на рынок!

— Там видно будет. А желе приготовлю сегодня. У меня все для него есть!

Но тут прозвенел звонок к началу второго отделения. Ильяс вышел такой победительный, его опять встречали громом аплодисментов.

Казалось, он пел еще лучше, если это вообще возможно. Видимо, распелся, с певцами часто такое бывает. Последним номером была «Серенада Дон Жуана» Чайковского, «От Севильи до Гренады...». В этом романсе певцы частенько кричат, форсируют звук, но тут все было просто идеально!

Публика словно взбесилась! Он пел на бис какие-то романсы, и вдруг я заметила, что он смотрит прямо на меня с легкой улыбкой. У меня замерло сердце. Он что-то сказал дирижеру, тот улыбнулся и кивнул. Оркестр заиграл вступление.

— Би май лав...*

Откуда он знает, что я обожаю эту песню? Я вся дрожала. А он пел, глядя прямо на меня. С ума сошел, что ли? Тонька сжала мою руку. Это была еще и любимая песня Лёни, он вообще обожал Марио Ланца... Ильяс пел это фантастически!

Он допел. Половина зала кинулась к сцене...

— Каринка, это он тебе пел. Будь моей любовью!

— Тонька, что это было?

— По-моему ясно. Он хочет, чтобы ты была его любовью!

— С какого перепугу?

— А ты таки перепугалась, вон побледнела вся!

— Он так это пел!

После этой песни он явно не собирался больше бисировать. Публика мало-помалу стала расходиться.

---

* «Будь моей любовью». Автор музыки Н. Бродски, автор текста Марио Ланца.

— Не будем спешить, а то сейчас в гардеробе такая толкучка... — сказала Тонька.

— Ну что вы расселись? Дайте пройти! — довольно грубо потребовала ранее благожелательная дама.

— Да ради бога! — вскочила я.

И Тонька тоже встала.

Но едва дама сердито прошествовала мимо, как Тонька начала хохотать.

— Ты чего? — удивилась я.

— Да, Каринка, видно, это твоя судьба — быть объектом дамской ненависти.

— Да ладно, ерунда, Илечка решил маленько схулиганить.

— И ты сразу попала под раздачу.

— Это правда, — засмеялась я.

— Непоследовательный товарищ твой Илечка. В записке просит избежать ненужных разговоров, а на концерте такое учинил! А ты обратила внимание, что он вообще-то вроде и не собирался эту песню петь? Дирижер, во всяком случае, явно не знал о его намерениях, из чего я делаю вывод, что, увидев тебя с этими чудо-розами, он здорово воспламенился.

— Ничего, до завтра охолонет! Ладно, идем, а то, наверное, народ уже разошелся.

Мы стали спускаться по лестнице. Я опасалась, что на меня будут указывать пальцем, но, видимо, кроме экс-благожелательной дамы, никто не обратил внимания на то, кому Абдрашитов пел «Би май лав». И слава богу!

— Каринка, а ты после такого уснешь?
— Откуда я знаю!
— Но ты взволновалась!
— Еще бы! Во-первых, это любимая песня Лёни, а во-вторых, он так ее пел... У меня от его голоса мурашки побежали... А раньше никогда не бегали! Сколько раз я слышала, как он поет, и ничего...
— Жалко, что ты без машины, — вздохнула Тонька.
— Здрасьте! Что, так не доберемся?
— Понимаешь, имело бы смысл сейчас заехать в магазин и купить все на завтра. Все равно не заснешь, так по крайней мере все заранее приготовишь, а к утру уже умаешься и спокойно поспишь подольше. В конце концов обед на двоих и не бог весть какой сложный...
— Тонька, как повезло Кириллу! Ты такая разумная...
— Предлагаю заехать сейчас в какой-нибудь торговый центр, закупить все, я тоже кое-что куп-

лю, перекусим в кафе и закажем такси. Как тебе такой план?

— Супер!

Так мы и поступили.

По дороге Тонька вдруг сказала:

— И купи ты, Каринка, готовое тесто, чего заморачиваться, бывает, что-то не задастся, а тут с гарантией, и твой вокалист в жизни не догадается!

— Тонька, я тебя обожаю! Ты умеешь так упростить жизнь!

— Только обещай мне позвонить сразу, как он уйдет!

— Обещаю!

— А спать с ним собираешься?

— Да ни за что!

— Почему? Он такой...

— Именно поэтому! Он предложил дружески поболтать, вот мы дружески и поболтаем! Хватит с меня, я уж и так с ходу прыгнула в постель к Кузьме... И что из этого вышло? Он меня небось просто б...ю счел, судя по его поведению.

— Так наплевать же!

— Все равно...

— Но в конце концов надо было тебе уже оскоромиться, пять лет терпела...

— Ничего я не терпела, просто даже представить себе другого мужика было тошно...

— Да ерунда, имеешь право на все! Свободная женщина!

— Но завтра я точно ни на что такое не пойду. Я не люблю ограничений во времени!

— Это позиция! — засмеялась Тонька, и я вместе с ней.

Дома я и вправду сразу отправилась на кухню и взялась за дело. В результате за два часа я приготовила все. Сварила бульон, процедила его, чтобы был прозрачным, сделала пирог и сунула в холодильник, чтобы испечь за полчаса до прихода Ильяса. Рыбу пожарила, а утром я сделаю соус бешамель и запекать ее поставлю, когда выну из духовки пирог. Беспокоило меня только желе, но, надеюсь, к утру оно застынет. Как ни странно, я совершенно не устала, хотя для себя готовлю крайне редко, а за пять лет вроде бы утратила навыки. Но нет, оказывается, есть еще порох в пороховницах. А сна ни в одном глазу. Тогда я села к компьютеру и стала искать в Интернете «Би май лав» в исполнении Ильяса. И нашла! Мне показалось, что сегодня он пел ее лучше, чем раньше... Или мне просто так хотелось?

Наконец я ощутила усталость и повалилась спать.

И чего я вчера так распсиховалась, перевозбудилась? Придет в гости старый друг, которому захотелось просто вспомнить, нет, не молодость, мы еще оба достаточно молоды, а юность, дружбу, не отягощенную ничем, никакими обязательствами, сексом, взаимными обидами... Только и всего! А «Би май лав» просто чудесная песня, и ничего все это не значит. Я полезла в холодильник, желе прекрасно застыло.

Интересно, Ильяс явится с цветами? Кстати, самые первые цветы в моей жизни мне подарил именно Ильяс. Он вдруг заявился ко мне с охапкой сирени!

— С чего это? — страшно смутилась я.

— Да ни с чего! Просто ночевал у друга на даче, вот и наломал сирени... Ты что, недовольна? — засмеялся он.

— Нет, я довольна, конечно, довольна, спасибо тебе! Она так пахнет!

А когда мы с Лёней еще жили в моей однушке, Ильяс приехал на несколько дней в Москву и я их познакомила, Лёня все не мог поверить, что у меня ничего с Ильясом не было... Жутко ревновал!

— Да что за чепуха, — сердилась я, — Ильяс просто очень хороший парень, он мне как старший брат... Он здорово талантливый, у него дивный голос, и все!

— Да, это видно, что парень талантлив! И глаза у него хорошие, добрые... Поклянись, что у тебя ничего с ним не было!

— Клянусь чем хочешь!

— И моим здоровьем поклянешься?

— Клянусь! Хоть ты и дурак!

А месяца за два до смерти он вдруг сказал:

— Марфуша, ты после моей смерти выходи замуж! За того татарского парня с добрыми глазами!

Как я тогда рассердилась, как кричала на него!

— Да замолчи ты, старый дурак! Вот взял моду говорить о смерти! Черт знает что! Я даже слушать не желаю! За что ты меня так мучаешь? Что я тебе плохого сделала?

— Ничего! Совершенно ничего плохого, все только самое хорошее, моя маленькая Марфуша! Вероятно, я просто не могу смириться с такой разницей в возрасте... Боюсь потерять тебя, остаться без тебя...

— Имей в виду, ты вполне можешь остаться без меня, если не прекратишь эти разговоры о смерти! Тебя подробно обследовали в европейской клинике и сказали, что для своей профессии и своего возраста ты на редкость здоровый тип, а если это просто кокетство, значит, я ошиблась, и ты непроходимый дурак!

— Если бы ты знала, как я люблю смотреть на тебя, когда ты сердишься! Просто прелесть! Ну, не злись, иди ко мне! Я больше не буду!

И действительно, больше он о смерти не заговаривал. Просто через два месяца умер...

Нет, сейчас не время воспоминаний, надо подумать, что надеть. Я открыла шкаф. Обед для двоих, дома. Надо одеться совсем скромно, чтобы он не подумал, что я намерена как-то его завлекать. И я надела джинсы и бирюзовую рубашку навыпуск. Ой, надо бы освежить лак на ногтях!

К половине второго я была уже готова. И совершенно не волновалась. Зазвонил мобильник.

— Алло!

— Карина Георгиевна, это Ключников!

— О, Феликс! Как здоровье вашей мамы?

— Спасибо, на сей раз все обошлось, хотя перепуг был нешуточный. Карина Георгиевна, мама просила передать вам привет.

— Благодарю.

— И кроме привета я должен все-таки передать вам тот альбом...

— Да-да, конечно.

— Может, встретимся сегодня, выходной все-таки...

— Увы, сегодня не получится.

— Карина Георгиевна, дело в том, что я вынужден буду опять уехать, у меня процесс в Саратове. Это может затянуться. Может, просто пересечемся где-то...

— Пожалуй! Я скорее всего освобожусь часов в пять...

— Отлично! Если позволите, я бы заехал к вам буквально на пять минут. Я сегодня уезжаю...

— Хорошо. Записывайте адрес.

— Я появлюсь от половины шестого до шести. В этом промежутке.

— Очень хорошо!

Мне вовсе не улыбалось опять погружаться в прошлое, смотреть альбом... Но в конце концов, кто меня заставляет смотреть его немедленно? Отправлю его на антресоли к Лёниным дневникам... О, сколько гневных тирад услышала бы я, если б кто-то прочел мои мысли... Сегодня, конечно, у меня все равно будет встреча с прошлым, но с живым... И еще у этого прошлого такой волшебный голос... Би май лав! Ну надо же!

Ровно в два часа раздался звонок в дверь. Я кинула взгляд в зеркало. Порядок! И побежала открывать.

На пороге стоял Ильяс и смущенно улыбался. В руках он держал... огромный арбуз!

— Привет, подруга! Ты не разлюбила арбузы?
— Да что ты, Илечка! Заходи!
— Куда его положить, тяжеленный, зараза!
— Идем на кухню!

— Обувь снимать по-прежнему не надо?
— Конечно! Вот, сгружай его сюда!
— Ох! Ну, дай я тебя обниму на радостях! Подружка моя дорогая!

И он сгреб меня в охапку. Я чмокнула его в щеку!

— А как вкусно у тебя пахнет!
— Я сегодня приготовила все твое любимое.
— А ты помнишь, что я любил?
— Но ты же помнишь, что я любила арбуз. Да, и спасибо за вчерашний концерт! Это было просто... просто волшебно!
— Да? А я недоволен...
— Но успех же был бешеный!
— У меня свои критерии... А как я обрадовался, когда ты мне поднесла цветы! Знаешь, я взял их с собой в отель! Обычно я оставляю цветы, раздариваю... Совершенно не выношу, когда в доме такая масса цветов. У меня начинается аллергия...
— Погоди, а почему в отель?
— А куда же?
— Но у тебя же есть в Москве квартира?
— Да нет, мама переехала ко мне, а свою квартиру решила сдать... И потом в отеле мне удобно. А ты чудесно выглядишь, Каришка! Просто прелесть!

— Спасибо! Тебя как звезду мировой оперы не оскорбит, если я буду кормить тебя на кухне, а?

— Ну, как звезду оскорбило бы, но я-то пришел к тебе не как звезда оперы, а просто как старый дружбан Иличка, так что именно на кухне я и мечтал с тобой посидеть!

— Ох, хорошо! Я ужасно тебе рада!

— А можно я задам бестактный вопрос?

— Ну попробуй!

— Ты мне по телефону сказала, что рассталась с тем мужиком...

— Да. И между прочим, из-за тебя! — засмеялась я.

— Из-за меня? Он что, приревновал?

— Ну не то чтобы приревновал, но решил, что я эдакая светская штучка... А я угадала эту его мысль и первая послала его...

— Он был дурак?

— Да вроде нет... Мне что-то померещилось... Да бог с ним! Вот, бульон с твоим любимым пирогом!

— Ой, с луком, с яйцами, да?

— Конечно!

— О боже, как вкусно, Каришка!

— Скажи, а как поживает Наиля Сабуровна?

— Хорошо! Она, тьфу-тьфу-тьфу, здорова, она же еще молодая, ей и шестидесяти нет, бодра, всячески заботится обо мне, о моем режиме, диете и так далее.

— Слава богу!

— Скажи, а ты вспоминала обо мне?

— Конечно, вспоминала! Да и как не вспоминать, если тебя с завидной регулярностью показывают по каналу «Культура» — засмеялась я. — Да я шучу, конечно я тебя вспоминала, и это было одним из самых приятных, ничем не омраченных воспоминаний!

— И у меня тоже. Я тебе больше скажу, всякий раз расставаясь с... очередной дамой... я всегда думал, а вот моя Каришка никогда бы так не поступила или не сказала бы такого...

— То есть, выходит, в этих расставаниях всегда были виноваты женщины?

— В общем, да. Понимаешь, я вообще не бабник, я верный человек... И мужем я был верным, но...

— Верным, но рогатым?

— Каришка, я тебя обожаю! Именно, верным, но рогатым. Ну, да это дело прошлое...

— Но ведь бабы наверняка сходят по тебе с ума?

— Сходят, и что? Я-то не схожу... Понимаешь, у меня практически нет времени ни на что! У меня такой сумасшедший график, все расписано на три года вперед.

— Я безмерно польщена!

— Чем?

— Тем, что в этом безумном графике ты нашел три часа на мою скромную персону!

— Дуреха ты... Знаешь, я после встречи в «Астории» вдруг впал в какую-то хандру, в принципе мне не очень свойственную. И, только уже сидя в самолете, я внезапно осознал, в чем дело.

— И в чем же?

— Во фразе того мужика: «Я будущий муж»!

— Ильяс!

— Что — Ильяс? У меня тогда возникло ощущение какой-то безвозвратной потери...

— Как можно потерять то, чего у тебя никогда не было?

— Да было, было! Я же был влюблен в тебя, дурочку! Но ты была еще ребенком... И я плохо во всем этом разбирался... А после встречи в «Астории» вдруг подумал — никогда, ни с одной из моих женщин мне не было так хорошо, как с моей Каришкой. Но я дважды опоздал — когда ты первый раз выскочила замуж, а потом и второй... И возникло ощущение, что это будет третья потеря... А бог, как известно, любит троицу, вот я и захандрил. Мама заметила это мое состояние. Но я ничего ей не сказал. А после телефонного разговора с тобой, когда ты сказала, что рассталась с этим... я воспрял духом... И ты пришла на концерт с подружкой, и подарила мне чудные розы какого-то необыкновенного цвета...

— И ты решил схулиганить!

— Ты о чем? — искренне не понял он.

— Спел «Би май лав». И при этом смотрел прямо на меня!

— Я не хулиганил! Просто захотелось выразить свою радость, свои чувства, но так, чтобы никого не смутить. Тебе понравилось?

— Еще как! Дома я первым делом нашла в Интернете эту песню в исполнении Марио Ланца... А потом еще в твоем...

— Только не вздумай сказать, что я пою лучше Марио Ланца.

— Нет, я хочу сказать, что твое вчерашнее исполнение было куда лучше того, что я нашла в Сети.

— Это естественно! Ведь я пел это именно тебе, глядя на тебя, Каришка!

— Хочешь еще пирога?

— Хочу! И еще чуточку бульона!

— Ешь, Илечка! Я так тебе благодарна!

— За что?

— За то, что не повел меня в какое-то публичное место, а пришел ко мне. Я слишком устала от внимания недоброжелателей.

— Да я видел в Интернете... И мама мне рассказала, что видела по телевизору программу, где про тебя черт-те что говорили, мама так возмущалась... Кстати, я сказал маме, что встретил тебя в Питере. Тогда она мне и рассказала об этой пакости...

Я купалась в его нежности. При этом он не делал никаких заходов, он не хватал мои руки, не пытался коснуться меня, а в глазах... было такое... Ах, какие у него глаза, большие, зеленые...

— О господи, моя любимая рыба! Забыл, как называется этот соус?

— Бешамель!

— Да-да, бешамель! Я помню, как мама повезла на какой-то конкурс своих учеников, а ты позвала меня попробовать твой первый опыт с этим соусом! Помнишь?

— Помню! Я еще сделала лимонное желе!

— Быть не может!

— Может, может!

— Как хорошо! Мне давно не было так хорошо. — Он взглянул на часы. — И у меня еще больше часа!

— А ты от меня куда?

— В аэропорт! Лечу в Испанию.

— Значит, в ближайшее время ты в Москве не появишься?

— Увы! Но я что-нибудь придумаю! А мы могли бы встретиться где-то в Европе?

— Почему бы и нет?

— Каришка, я обязательно приглашу тебя или на концерт, или на премьеру... И мама будет очень рада тебя повидать. Еще вопрос можно? Если тот мужик сказал, что он будущий муж... У него были на то основания?

— Были.

— Но что тебя привлекло в нем? Хотя он недурен собой...

— Понимаешь, мне вдруг показалось, что я второй раз встретила своего человека, своего мужчину... Было столько общего с Лёней...

— Как хорошо, что у вас не дошло до брака! Понимаешь, стремление в точности что-то повторить — это пагубное стремление. Страсть туманит мозг, а в совместной жизни... ты бы вскоре обнаружила пропасть, разделяющую его и твоего покойного мужа. Неизбежно. И не простила бы ему... Понимаешь?

— Понимаю. И, думаю, ты прав! Но откуда такая житейская мудрость?

— Собственный горький опыт. Я здорово увлекся одной женщиной, она была несколько старше меня, но она умерла. А через год я встретил, как мне показалось, ее копию... Это было ужасно! Так что считай, своим появлением в «Астории» я спас тебя от неминуемого горького разочарования.

Обед подошел к концу. Он скоро уйдет. И одному богу известно, когда я его увижу. Кажется, я буду тосковать по нему... Вот не было печали!

— Все, Каришка, мне пора! А как неохота уходить от тебя...

— Мне тоже грустно.

— Знаешь, я все ждал, что ты ответишь мне что-то на мое... предложение, что ли...

— Какое предложение? Приехать в Европу?

— Нет. Быть моей любовью!

— Ильяс!

— Я был серьезен, как никогда! Ты согласна?

— Я не понимаю?

— Согласна быть моей любовью?

— А если согласна, тогда что?

— Увидишь! — загадочно усмехнулся он и поцеловал мне руку. — До встречи, любовь моя!

И с этими словами он ушел. А я осталась в некотором обалдении. Что это было? Так все странно, необычно... Никакой страсти, только невероятная нежность. Я плохо понимала такое... В моей жизни все было как-то скоропалительно. А Ильяс никуда не торопился. Просто спросил, согласна ли я быть его любовью... Все это немножко напоминало голливудское кино пятидесятых. И песня эта тоже, кажется, из голливудского фильма с Марио Ланца. Да, «Любимец Нового Орлеана»! Надо пошукать в Интернете, может, найду этот фильм...

И тут позвонили в дверь.

— Кто там?

— Карина Георгиевна, это Ключников!

Я забыла о нем, как о смерти.

Открыла дверь.

— Добрый день, Феликс!

— Здравствуйте! Вот наконец мы с вами познакомились! О, теперь я понимаю, почему вы вызываете столь бурные эмоции у стареющих дам! В вас есть какая-то, уж простите, наглая привлекательность!

— Ничего себе заявление с порога! — рассмеялась я. — Но по крайней мере откровенно! Хотите кофе?

— Хочу, но не могу, время поджимает! У меня сегодня поезд. Вот, Карина, это альбом, который сделала мама, — он протянул мне бумажный пакет. — Я рад, что мы с вами познакомились. Вы разрешите позвонить вам, когда я вернусь?

— Конечно, звоните! Без проблем. Удачи вам на вашем процессе!

— Спасибо большое! Вот, возьмите мою визитку, вдруг кому-то понадобится адвокат!

— Не дай бог! Но тем не менее спасибо!

И он ушел.

И тут же зазвонил телефон. Наверняка Тонька уже потеряла терпение. И точно!

— Ушел?

— Да.

— А чего не звонишь?

— Да тут еще посетитель был.

— Кто?

— Ключников.

— Оп ля! Чего приперся?

Я объяснила.

— Ну и фиг с ним! Рассказывай про Абдрашитова.

— Тонька, так все... невероятно!

— Вы трахнулись?

— Да что ты! Об этом и помыслить невозможно было, встреча прошла в совершенно другой тональности!

— Интересно! И что за тональность?

— Всепоглощающая нежность!

— Да... Круто! А вид у него такой, что он с ходу может завалить любую.

— Он предложил мне быть его любовью!

— Обалдеть! Так и сказал?
— Так и сказал!
— А ты что?
— Я спросила, в чем это должно выражаться, а он сказал: «Увидишь!»
— Похоже на старое кино...
— Тонька, я тоже так подумала. Но у меня осталось какое-то удивительно приятное послевкусие. Я как будто внутренне согрелась, мне хорошо...
— Каринка, ты знаешь что... Ты особо губы-то не раскатывай! Мало ли что мужик сболтнул, разнежился, растекся в воспоминаниях, а там жизнь его закрутит, у него же сумасшедший темп... Я поглядела в Интернете, у него гастроли расписаны на годы вперед...
— Знаю. И я же слова тебе не сказала о будущем, только о послевкусии... И еще... Он умный, даже мудрый, я бы сказала. А это приятно.

Мы еще долго болтали, но потом пришел домой Кирилл и разговор волей-неволей пришлось закончить.

На столе лежал пакет с альбомом. Не хочу! — отчетливо поняла я. Не хочу возвращаться в прошлое. Сейчас не хочу! И я отправила альбом на антресоли, к Лёниным дневникам. Будет настроение, посмотрю. А сейчас мне хочется еще разок вспомнить самые волнующие моменты сегодняшней встречи. Я опять нашла в Сети «Би май лав» в исполнении Ильяса. Закрыла глаза. У него волшебный тембр! И вообще... он волшебник, мудрый волшебник. Он внушил мне, что не надо погружаться в прошлое, искать аналогий и аналогов... Кузьма показался мне аналогом Лёни и что? А Ильяс появился в «Астории» и словно мановением волшебной палочки развеял эти чары. А ведь я никогда не видела его на театральной сцене... Но еще увижу! Вероятно, кому-то вся эта история с «Би май лав» может показаться пошлостью, но не мне! Посторонние люди ведь не знают предыстории. Не знают ничего. Неужто я когда-то по молодости и глупости просто не заметила, что Ильяс в меня влюблен? Да, именно так, по молодости и глупости. Просто я сама не была в него влюблена. И слава богу! Ведь случись у нас тогда, в ранней молодости, роман, не было бы сейчас такого моря нежности... Его нежность вызывает волну ответной нежности, и мне так хорошо, так спокойно, и, кажется, я уже влюбилась в него... Господи, что я должна увидеть? Он сказал: «Увидишь!» Но что? Даже вообразить не могу...

Всю ночь я ворочалась в постели. И вдруг вспомнила, что в холодильнике лежит арбуз! Завтра выходной, и вполне можно наесться арбуза!

Я вскочила, побежала на кухню, достала огромный арбуз, схватила нож и вдруг замерла. И загадала: если арбуз окажется хороший, значит, и у нас с Ильясом все будет хорошо. Стало страшно. Я обхлопала бока арбуза, вроде звенит... Посмотрела на хвостик, он сухой, потом на попку. Широкая. Правда, недавно по телевизору говорили, что все эти признаки чепуха. А, ладно, будь что будет! И я вонзила нож. Арбуз затрещал. Это был даже не арбуз, а воплощенная мечта об арбузе! Красный, сахаристый! И невероятно сладкий, холодненький! И я среди ночи налопалась арбуза. Я его ела и слушала уж в который раз «Би май лав». И чувствовала себя абсолютно, до идиотизма счастливой! Правда, остаток ночи я вскакивала каждые сорок минут, но что поделаешь, за счастье надо платить!

А потом начались будни. От Ильяса не было никаких вестей. Прошла неделя. Я загрустила. В субботу вечером раздался телефонный звонок. Незнакомый женский голос спросил Карину Дубровину.

— Это я.

— Карина, я звоню вам по поручению Ильяса Абдрашитова.

— Слушаю вас, — хрипло отозвалась я.

— Карина, скажите, следующий уик-энд у вас свободен?

— Кажется да, а что?

— У вас есть шенгенская виза?

— Да.

— В таком случае, я могу завезти вам билет, скажем, завтра...

— Какой билет? Куда?

— В Барселону. Вылет в пятницу вечером. В субботу Ильяс поет там «Бориса Годунова». Вы согласны?

— Да, согласна, конечно, согласна! Простите, а вы кто?

— Я его представитель в России, меня зовут Агнесса. Скажите ваш адрес.

— Извините, а почему...

— Вы хотели спросить, почему он сам не позвонил? Потому что он сейчас в Аргентине, там сейчас ночь. Все решилось внезапно. Он просил простить его за это. Итак, я покупаю билет?

— О да!

Я подпрыгнула и закружилась по комнате. Но тут позвонила Тонька.

— Каринка, приходи завтра к нам на обед! Кирюшка будет делать карри!

— О! Я с удовольствием! Он это готовит виртуозно!

— Каринка, что у тебя с голосом? Илечка объявился?

— Объявился, то есть не сам...

— А кто же?

— Его представитель в России по имени Агнесса!

— И что?

— Я в пятницу лечу в Барселону, где он в субботу поет «Бориса».

— Ой, мамочки! Как интересно! Ужас просто! А туда надо в вечернем?

— Почем я знаю, но...

— Сдурела, да? Загляни в Интернет, там все сведения есть.

— Ничего, у меня есть маленькое черное... Вполне сойдет за вечернее... Тонька, мне так страшно!

— Тебе? Страшно? Ты ж такая храбрая... ничего вроде бы не боишься...

— Боюсь, Тонька, еще как боюсь...

— А где ты жить будешь?

— Ну, вероятно, в отеле.

— А до спектакля увидишься с ним?

— Господи, откуда я знаю!

— Каринка, нешто ты влюбилась?

— Ничего я не знаю...

— Точно, влюбилась! Ну и слава богу! А чего это он не сам звонит?

— Он сам в Аргентине!

— Разница во времени... Слушай, а какой голос у этой тетки, что тебе звонила?

— Голос? Зачем тебе ее голос?

— Ну, молодой или старый?
— Да не знаю я!
— Приятный или нет?
— Да не помню я! Какая мне разница!
— Она когда к тебе приедет?
— Завтра в одиннадцать утра. А что? К тебе я всяко успею!
— Дура! Ты должна встретить ее во всеоружии! Чтоб она не могла сказать — и что Ильяс нашел в этой бабе! Поняла, корова?
— Му! Поняла! — засмеялась я.
— Признаешь, что корова?
— Факт, корова и есть! Влюбленная корова!
— А с Кузьмой кем была?
— Козой, глупой козой в угаре страсти!
— Вот теперь я узнаю свою Каринку! Коза в угаре страсти — это супер!

Агнесса оказалась суровой дамой за пятьдесят, сухой как вобла, но улыбка у нее была хорошая.
— Вот вы какая! — сказала она.
— Кофе, чай?
— Благодарю вас, нет. Вот здесь билеты в оба конца, ваучер на отель.
— А в театр билет?

— Это вам передадут уже в Барселоне. Вас там встретят.

— Кто?

— Этого я не знаю. Передаю вам то, что мне было велено. А Борис он неподражаемый! Всего хорошего и удачного перелета.

С этим она удалилась.

Оставшиеся дни я работала как проклятая, а в свободные часы умирала от нетерпения и страха. И вот, наконец, сегодня я лечу. С утра у меня еще были лекции, а потом я схватила свой маленький чемодан — не лететь же на два дня с большим, и помчалась на аэроэкспресс. Ильяс больше не подавал о себе вестей. Вероятно, он намерен сам меня встретить. И как это будет? Поцелует он меня при встрече? Скорее всего поцелует. Но как? Как поцеловал, когда пришел ко мне, как старую подружку или как свою любовь? Би май лав!

Но вот самолет пошел на снижение. Господи, да что это со мной? Меня же просто трясет! Совсем я, что ли, рехнулась? Надо взять себя в руки! И вот я получила свой чемоданчик и иду к выходу. Озираюсь. Ильяса не видно.

— Карина, это ты?
— Наиля Сабуровна? Боже мой!

— Я боялась, вдруг тебя не узнаю!

— Вы меня встречаете?

— Конечно! Дай я на тебя посмотрю! Повзрослела, но хороша, порода в тебе чувствуется! Ну идем!

— Куда? — пробормотала я.

— На такси. И в отель. Мы с тобой в одном отеле.

— А...

— Ильяс прилетит только ночью! Так что до завтрашнего вечера развлекать тебя буду я! Он с утра в театр. И вообще в день спектакля с ним лучше не общаться. Как долетела, детка?

— Хорошо, спасибо. А вы чудесно выглядите, Наиля Сабуровна!

— Знаешь, детка, я на старости лет живу так, как мечтала когда-то. На берегу теплого моря!

— Где?

— Тут, в Испании. Ильясу тоже показан этот климат, мы живем вдвоем, одна беда, внучку у меня отняли.

— У вас есть внучка? — удивилась я. Сюрпризы начинаются!

— Да, а Ильяс тебе не сказал? Вот чудак! Он обожает девочку, но с ее матерью жить не смог. Она тоже певица и безумно ревновала его к его славе. Они расстались. Он платит ей большие деньги, а она не позволяет ему видеть дочь... До ужаса банальная история! Детка, ты не обижайся на него, он живет в сумасшедшем ритме.

— Господи, Наиля Сабуровна, о каких обидах речь? Я прекрасно все понимаю, и я ужасно рада вас видеть!

— Скажи, а как мама?

— Мама? Да хорошо! Живет в деревне, наслаждается этой жизнью, после смерти деда пошла преподавать в деревенскую школу, ученики ее обожают...

— А что она преподает?

— Историю и литературу. И если я не ошибаюсь, у нее роман с агрономом, он пожилой вдовец...

— Каринка, как хорошо! Ты часто у нее бываешь?

— Нет, редко. Это далеко, времени мало, да и не нуждается мама во мне.

— Как это возможно! Мамы всегда нуждаются в детях. Это неправильно, Каринка! Обещай мне, как вернешься в Москву, непременно съезди к маме. Я передам для нее какой-нибудь подарочек... Обещаешь?

— Обещаю!

Мы приехали в симпатичный маленький отель.

— Я всегда тут останавливаюсь, когда бываю в Барселоне. Тут уютно и спокойно. А Илька не может себе позволить такой скромный отель, ноблесс оближ! Он хотел тебя поселить в роскошном отеле, где сам будет, но я ему отсоветовала. Зачем привлекать внимание? Одно дело, ты живешь в одном отеле с ним, и совершенно другое — с его матерью. И встречала тебя его мать.

И она вдруг мне подмигнула. Я смутилась. Она похлопала меня по руке, не тушуйся мол!

— Вот что, детка, ты располагайся, а через полчасика я зайду за тобой, и пойдем ужинать.

— Надо как-то одеться?

— Да нет, тут рядышком есть прелестный скромный ресторанчик, но там удивительно вкусно кормят.

Она ушла.

Я пребывала в растерянности. Что все это значит? Ильяс посвятил ее в наши отношения? Хотя это еще не отношения, а прелюдия к ним... И она так ласкова со мной... И так лукаво мне подмигнула... Очень все странно... Меня всегда было трудно смутить, я всегда существовала, так сказать, с открытым забралом, ничего не боялась, а сейчас вдруг оробела... Очень, очень странно!

Я разобрала чемодан, чуть освежила легкий макияж. И тут зазвонил телефон.

— Алло!
— Каришка моя!
— Илечка! Ты где?
— Я в Амстердаме. В аэропорту! Вот выбралась минутка! Ты на меня не обиделась?
— Ну что ты! Я в восторге! Сейчас пойдем ужинать с твоей мамой! Она так меня встретила...
— Знаешь, как она обрадовалась, когда я сказал ей о тебе!
— Что ты ей сказал, Илечка?
— Что я... что я люблю тебя, Каришка! Ты ведь и сама это понимаешь, да?
— Пока не поняла, повтори, пожалуйста!
— Я люблю тебя. Теперь дошло?
— Вообще-то я тупая. И хочу, чтобы ты сказал мне это, глядя в глаза. Тогда я пойму, тогда до меня дойдет!
— Действительно, на редкость тупая особа! — засмеялся он. — Но я все повторю завтра, после спектакля, если, конечно, я не провалюсь...
— С ума сошел!
— Я всегда так говорю перед спектаклем. А до спектакля лучше мне на глаза не попадаться.
— Меня уже предупредили!
— О, вот, объявили посадку! Целую тебя, май лав! Я ведь еще ни разу тебя по-настоящему не целовал! А так хочется! А тебе... хочется?

— Очень хочется, Илечка!

— Тогда я счастлив!

И он отключился.

Что это? Он что, действительно меня любит? Похоже на то... И сколько нежности в его голосе...

Тут пришла Наиля Сабуровна.

— Ты готова, детка?

— Да! Мне только что звонил Ильяс!

— Ты так сияешь! Он что-то приятное сказал?

— О да!

Мы прошли два квартала до небольшого уютного ресторана, где на стенах висели большие фотографии. Мне сразу же бросилась в глаза фотография моей любимой Елены Образцовой. Монсеррат Кабалье, Владимир Атлантов, Мирелла Фрэни, какие-то незнакомые мне лица и... Ильяс!

— А неплохая у него тут компания! — заметила я.

— Да уж! — засмеялась Наиля Сабуровна.

Ее тут знали. Мы ели что-то очень вкусное, острое, запивая это чудесным красным вином, и болтали об общих знакомых.

— Знаешь, детка, — вдруг, словно собравшись с духом, начала Наиля Сабуровна. — Какое-то время назад Илька сказал: «Мама, я случайно встретил в Петербурге Карину Дубровину, помнишь ее?» А я как раз недавно видела кошмарную передачу, где тебя просто изничтожали... Это был сущий ужас! О тебе говорили, как о какой-то темной девке-лимитчице... Но я же тебя знала... Что это за люди, детка!

— Ох, Наиля Сабуровна, не хочу я о них говорить...

— Да, я тоже, просто к слову пришлось! Так вот, когда Илька сказал, что встретил тебя... Он вдруг начал так нервно стучать пальцами по столу, он это делает всегда в крайнем волнении, я сразу поняла, что это ты так его взволновала... А он продолжает: «Мама, она была с мужчиной, который заявил, что он ее будущий муж, но он ей не подходит, категорически не подходит... Она выглядела такой одинокой и беззащитной...»

— О господи! — воскликнула я.

— И я сразу его спросила: «Ты влюбился в нее, сынок?» А он мне: «Да, мамочка, влюбился! Хотя я еще в ранней молодости был в нее влюблен. Но тогда перспектива певческой карьеры была для меня важнее всего, я уехал, а вернулся, она уже вышла замуж... а потом еще раз, а тут вдруг столкнулся с ней и опять какой-то будущий муж...» Карина, детка, скажи, что это был за человек?

— Это... мне что-то померещилось... и после смерти Корецкого я пять лет не могла даже смотреть на мужчин, а тут...

— Не объясняй!

— Да нет, я хочу сказать... Весь разговор с Ильясом занял меньше пяти минут, но, когда он ушел, у меня словно пелена с глаз спала, я увидела, что тот человек... он ревнует, и не просто ревнует, а...

— Ревнует не просто к мужчине, а к знаменитости, так?

— Именно! И я сразу сказала, что хочу уехать, и он согласился... Знаете, я тут подумала, что Ильяс как сказочный принц или волшебник снял с меня какое-то наваждение, заклятье, я не знаю...

— Ты его любишь?

— Кого?

— Ильяса?

— Проще всего было бы сказать «да, люблю». Но все это куда сложнее... Для меня раньше любовь означала безумную страсть. Я кидалась с головой в омут. В случае с Корецким это переросло в любовь... А тут... Ильяс говорит, что любит меня, и я чувствую в нем огромную нежность ко мне, я купаюсь в этой его нежности... Но мы три часа были одни в моей квартире и даже не поцеловались... — все это я выпалила одним духом. Господи, что я несу? И зачем это все его маме?

Но она тоже смотрела на меня с нежностью.

— Я бы хотела, чтобы вы поженились! — с улыбкой заявила она. — Ильке нужна именно такая женщина, как ты. Мне всегда казалось, что ты достаточно циничная девочка, а сейчас я поняла, это было наносное... от одиночества. С Корецким ты не чувствовала себя одинокой, да?

— Да. Ни секунды. Я чувствовала, что всегда, постоянно нужна ему...

— Ты Ильке тоже нужна! Очень! У него, кроме меня, нет никого.

— У него было много друзей!

— Именно было! Зависть в артистической среде неизбежна, у него остался только Митя, ты его знала?

— Нет. Он меня с друзьями не знакомил.

— Митя талантливый физик, это совсем другой круг, но Илька его очень любит, они иногда где-то встречаются и непременно отправляются ловить рыбу... И уху варят...

— Корецкий тоже это обожал.

— Детка, Корецкого давно нет, тебе надо выйти замуж, ты слишком привлекательна, чтобы быть одной.

— Мне недавно один человек сказал, что я нагло привлекательна, — засмеялась я.

— О да! Он очень хорошо это сформулировал. Я хочу, чтобы Илька на тебе женился. Он тебя любит...

— Господи, Наиля Сабуровна, меня как пыльным мешком прихлопнули...

— Почему? — улыбнулась она.

— Это все так... Знаете, я когда видела его по телевизору, всегда думала: надо же, как мой Илечка взлетел, как изумительно он поет... Но мне даже в голову никогда не приходило... И потом, насколько я понимаю, певцам такого ранга, да и вообще певцам, нужна не столько жена, сколько нянька, а я не уверена, что справлюсь.

— Ну, детка, начнем с того, что певцам прежде всего нужна любящая и понимающая женщина. А нянька... Нянька, конечно, тоже нужна, но пока еще я жива и в силах, эту роль при Ильке выполняю я, и я всему тебя обучу... Илька хороший добрый парень. Скажи, а ты детей хочешь?

— Очень, очень хочу!

— Вот и прекрасно! Но только тебе придется бросить работу, ты понимаешь?

— Да с наслаждением! Преподавать историю искусств нынешним студентам дело как минимум неблагодарное. Они в большинстве своем зомбированы Интернетом. Ой, Наиля Сабуровна, мы с вами говорим так, словно Ильяс уже сделал мне предложение и я его приняла. Хотя о такой свекрови можно только мечтать!

Она рассмеялась:

— Да сделает он тебе предложение, завтра же, я твердо уверена!

— Но мы же с ним еще не... даже не целовались ни разу!

— Я понимаю, о чем ты... Хотя вы оба люди с опытом, и если вас тянет друг к другу, думаю, проблем не будет...

— Тьфу, тьфу, тьфу, чтоб не сглазить.

— Постучи еще по столу!

Я постучала.

— Ох, Каринка, ты вот сказала, что из меня получится хорошая свекровь, а я уже чувствую, что буду любить сноху... мы вот с тобой, как встретились, все разговариваем, разговариваем, и это такое счастье, говорить по-русски... А то эта Вивиан... Я с ней объяснялась по-английски, а для меня это пытка... И получалось, что поболтать-то мне было не с кем...

— А сколько лет вашей внучке?

— Четыре годика. Но я уже больше полутора лет ее даже не видела.Ильку тоже.

— А как зовут девочку?

— Паола. Она такая хорошенькая...

— А кто же ею занимается, если мать певица?

— В том-то и беда, что чужие люди. Но я не хотела бы об этом говорить, слишком больно. Извини.

— Нет, это вы меня извините!

— Расскажи мне лучше о Москве, детка, я скучаю по ней!

Я рассказала, какой теперь стала Москва.

— Да? А я в Интернете читала какие-то ужасы! Как все ужасно делается...

— О! У нас просто считается хорошим тоном ругать все, что исходит сверху. Одна моя знакомая громко возмущалась ужасающими розовыми пингвинами, стоящими на Никольской.

— Розовые пингвины? Но это и вправду ужасно!

— Может, и ужасно, я не видела, но там просто проходил фестиваль мороженого. Кончился, и убрали пингвинов!

— А! — рассмеялась Наиля Сабуровна.

Когда я, чуть захмелевшая не столько от вина, сколько от обрушившихся на меня эмоций, вошла в свой номер, на столе стоял очаровательный букет из крупных чайных роз. Розы изумительно пахли. И лежал конверт. Записка от Ильяса. «Каришка моя дорогая, девочка моя любимая! Если ты в состоянии подстроиться под сумасшедший ритм моей жизни, если я хоть немножко нужен тебе, то «Би мой вайф*»! Надеюсь, за сутки, которые отделяют нас от встречи, ты сможешь хорошенько все обдумать. Сутки на размышления это не так уж мало, правда? Если б ты знала, как уютно мне стало жить с того момента, как ты вернулась в мою жизнь! Я люблю тебя!»

Вот оно! Неужели Наиля Сабуровна знала об этом письме? Или просто она так знает своего

* Будь моей женой!

сына? Ему стало уютно жить... А ведь и я ощущаю нечто подобное... С того момента, как Наиля Сабуровна встретила меня в аэропорту. Я задумалась. Моя вполне налаженная жизнь рушится. Это была одинокая жизнь. А теперь... Легко мне не будет, это ясно. Но если я в состоянии прыгнуть с тарзанки, а однажды даже с парашютом, да и вообще делать какие-то экстремальные глупости, то неужто я не справлюсь с ролью жены певца с мировым именем? О, могу себе представить, какую рожу скорчит Четырежды Бывшая и что она будет обо мне говорить! Но мне плевать! Я всем этим злыдням утру нос! Но это ерунда! Главное, мне кажется, Илька, Илечка, тот человек, тот мужчина, который согреет меня и которому стоит посвятить свою жизнь! И не потому, что он мировая знаменитость, а потому, что, еще не видя его, только проведя вечерок с его мамой, я вдруг ощутила, что у меня есть семья! Опять есть семья, которая начала рушиться со смерти папы и окончательно рухнула со смертью деда. А это дорогого стоит! С Лёней у нас, пожалуй, была не семья, а... дивный любовный дуэт, что ли... Тогда я не готова была поступиться своей работой, своей независимостью... А сейчас — с дорогой душой!

Но время позднее, надо заснуть, иначе на кого я буду похожа завтра вечером? Но где там! Я съела шоколадку, которую мне положили рядом с подушкой. Не помогло! Если б я могла сейчас поговорить с Тонькой! Но в Москве уже глубокая ночь... Заснула я только под утро. Проснулась, как будто меня кто-то толкнул. На часах половина девятого. Вчера мы договорились с Наилей Сабуровной вместе позавтракать. Я вскочила, кинулась в душ, быстренько привела себя в порядок и постучала в номер будущей свекрови.

Она открыла мне, уже готовая, одетая, подкрашенная.

— С добрым утром, детка! — И она поцеловала меня. — Ты плохо спала? Нервничала?

— Да, только под утро уснула.

— Илька тебе звонил?

— Нет. Прислал букет и записку.

— И что он пишет, если не секрет?

— Всякие хорошие слова и еще одну фразу по-английски.

— Почему по-английски? И что за фраза?

— Би май вайф!

— О! Какая дурь!

— Почему дурь?

— Безвкусица! Не решился по-русски, дурачок!

— Нет, просто он в Москве на концерте спел мне «Би май лав»!

— Да? А он мне не говорил... Ну, тогда эту безвкусицу можно простить. А ты ему ответила?

— Он дал мне сутки на размышления.

— Но ты уже решила? Да или нет?

— Господи, конечно да!

— Девочка моя, я так счастлива! — обняла меня будущая свекровь.

И мы пошли завтракать, а потом отправились гулять по Барселоне.

Часа через три, утомившись, решили выпить кофе.

— Давай возьмем какое-нибудь пирожное.

— С удовольствием.

— Скажи, детка, ты, может, хочешь что-то купить?

— Да нет, не хочу! Я все равно сейчас ничего не соображу...

— Волнуешься?

— Не то слово!

— Твое счастье, что ты пока не знаешь, как волнуется сейчас Илька! Я всегда в день спектакля или концерта предпочитаю куда-нибудь смыться. Хотя это тоже его сердит. Запомни, когда будешь с ним вместе, в день спектакля будь дома, можешь ему понадобиться, но ни с чем к нему не обращайся. Будь тише воды, ниже травы.

— Это несложно. Я вообще не из приставучих.

— Ну, может, с тобой он будет иначе себя вести...

— Ой, Наиля Сабуровна, а здесь «Бориса» как-то осовременили, что-то придумали?

— А как же! Но в меру. Ничего такого шокирующего.

— Ох, как я ненавижу эти издевательства над классикой! Когда князя Мышкина объявляют Князем Тьмы...

— Как?

— Вот так!

— Это в Москве?

— Да.

— Ты можешь объяснить мне зачем?

— Большинство зрителей просто не знает, кто такой князь Мышкин. А те, кто знает, они в шоке. Это и есть цель. Шокировать! По крайней мере об этом будут говорить...

— Что-то я видно устарела, плохо воспринимаю эти новации.

— Я тоже.

— А ты часто бываешь в театре?

— Очень редко. Мне там, как правило, скучно или тошно.

— Прости детка, а ты понимаешь, что выйдя за Ильку, ты должна будешь появляться с ним на всяких концертах, спектаклях, быть зачастую под прицелом папарацци?

— Понимаю. Меня это не радует, но, как говорится, ноблесс оближ! И я сумею, в грязь лицом не ударю!

— О, в этом я не сомневаюсь. Вот твои обидчицы обрадуются! Будет, что обсудить! — и она мне подмигнула.

— Да уж!

Вернувшись в гостиницу, я прилегла, попыталась заснуть. Но тщетно! Тогда я вымыла голову, сделала маску и медленно начала краситься и одеваться. Маленькое черное платье с большим вырезом на спине, черные шпильки и оставшаяся от тети Фели сказочная камея на голубом ониксе. Большая редкость.

Я постучалась к Наиле Сабуровне.

— О! Как красиво! Ты потрясающе выглядишь! — одобрила она меня. — Это что, камея? Никогда таких не видела. Что ж, такой невесткой можно только гордиться.

Я сидела в пятом ряду партера, и меня била крупная дрожь. Я почти ничего не воспринимала, только сказочный голос Ильяса пробирал меня до печенок. Кажется, он и играл замечательно, но я слишком волновалась, чтобы трезво оценить. А публика неистовствовала.

— Детка, тебе нехорошо? — шепнула мне Наиля Сабуровна. — Ты такая бледная...

— Нет, все в порядке, я просто дико волнуюсь.

— Илька поет сегодня божественно, я строго его сужу всегда, но сегодня он в ударе! Ты не находишь?

— Если честно, я мало что понимаю сейчас...

Наконец спектакль кончился. Успех был огромный.

— Наиля Сабуровна, а мы... мы пойдем к нему за кулисы?

— Нет! Мы сейчас поедем в одно чудесное место и будем там его ждать, вернее, ждать его будешь ты!

— А вы?

— Дорогая моя, вам надо побыть вдвоем, мама здесь будет лишней! Но я тебя туда провожу.

Артисты еще выходили на аплодисменты, а она меня уже вывела из зала. Мы сели в такси и вскоре уже вошли в шикарный ресторан. Наиля Сабуровна сказала что-то по-испански метрдотелю, тот широко улыбнулся и кивнул.

— Удачи, детка!

И она поспешно ушла. Метрдотель, солидный господин в смокинге, проводил меня к старинному лифту, и мы поднялись на какой-то этаж.

— Прошу вас, сеньора!

Это был очень просторный балкон, посреди которого стоял накрытый стол. На столе горели свечи, вокруг было много цветов. Он отодвинул мне стул, налил в бокал что-то и ретировался. Я осталась одна. Под балконом плескалось море. Я вдруг страшно замерзла. И тут он опять появился и накинул мне на плечи что-то восхитительно мягкое и теплое.

— Грасиас! — пробормотала я.

Он опять исчез. И чего меня так трясет? Я даже замуж выхожу в третий раз, подумаешь, большое дело! И хотя я не курю, мне вдруг безумно захотелось закурить. Дура! Коза! — сказала я сама себе.

И тут в дверях возникла крупная темная фигура. Ильяс!

Он кинулся ко мне, схватил, поднял со стула и крепко обнял. Я сразу перестала дрожать, сразу согрелась. А он уже целовал меня, прижимал к себе, что-то шептал на ухо, я не разбирала слов. Вдруг он оторвался от меня.

— Да или нет?
— Да!

Он вдруг опустился на стул и закрыл лицо руками.

— Господи, господи, какое счастье! Каришка, любимая моя...

— Иличка, скажи, ты любишь старые голливудские фильмы, да?

Он отнял руки от лица, слегка недоуменно на меня посмотрел и вдруг покатился со смеху.

Я тоже начала смеяться от радости, что он меня сразу понял и от счастья быть с ним.

— Каришка, я тебя обожаю! Это все ужасная пошлятина, да?

— Нет, это все ужасно мило, трогательно... Я в восторге! И тут так хорошо, мы одни...

— Каришка, ну, если ты не возражаешь, последний штрих... из голливудских фильмов...

Он полез в карман.

— Там колечко, да? — фыркнула я.

— А как же! — со смехом сказал он.

Кольцо было восхитительное, с тремя жемчужинами, черной, розовой и белой в окружении мелких бриллиантов.

— Какая прелесть! Илька!

— Знаешь, а теперь надо порушить всю эту голливудскую идиллию пятидесятых годов. Надо быть в мэйнстриме, как теперь говорят!

— Ты о чем?

— О том, что я не могу больше ждать!

Он схватил меня, стащил с плеч платье.

— Сумасшедший, что ты делаешь, тут же люди! — смеялась я.

— Нет тут никого и не будет, пока я не позвоню! Я хочу тебя сию минуту, поняла?

Я поняла.

Когда мы привели себя в порядок, он нажал на кнопку в середине стола и через несколько минут, не сразу, нам принесли трехэтажную штуковину, на которой лежали устрицы во льду.

— Любишь устрицы?

— Люблю. Но тебя люблю больше! И еще, как выяснилось, я люблю экстремальный секс!

— Тебе понравилось?

— Не то слово!

— Мне тоже! Хотя такое со мной было впервые...

— Со мной тоже!

— Вот теперь мы действительно муж и жена!

— Нет, мы еще тайные любовники! Но как после такого тяжелого спектакля у тебя еще остались силы?

— Я еще молодой, Каришка, и к тому же ты так меня волнуешь, так вдохновляешь! Я сам доволен сегодняшним спектаклем, что бывает крайне редко.

— Наиля Сабуровна сказала, что ты сегодня был в ударе!

— А ты сама заметила?

— Честно? Я от волнения вообще ничего не понимала...

— Не беда! Я сам себе главный судья, во всяком случае самый строгий!

— Скажи, Илька, а нас не могли тут засечь какие-нибудь папарацци? Завтра наш... экстрим не выложат в Сеть?

— Нет, исключено! Тут все охраняется. Это отель для вип-персон, и после ужина мы пойдем в мой номер, а утром поедем в наш домик. Горько!

— Что?
— Ну, тут некому нам крикнуть «горько»! Так я сам!
— Целоваться хочешь?
— А ты как думала!

Немного успокоившись, он вдруг сказал:

— Каришка, а ты понимаешь, что тебе будет трудно со мной?

— Прекрасно отдаю себе в этом отчет, но тут ключевые слова «со мной». И кто сказал, что должно быть легко? И еще, мы прекрасно поладили с твоей мамой.

— О да! Мама от тебя в восторге!

— Скажи, а почему ты уехал из Вены? Вы ведь поначалу жили в Вене?

— Маме там было плохо, климат для нее неподходящий. И мне тут нравится. У нас дом в тихом месте, и испанцы куда более радушные люди, нежели австрийцы. А что, тебе тут не нравится?

— Ерунда! Я люблю тебя, а все сложности быта, твоего звездного статуса мне как-то...

— Пофиг?
— Именно!

Утром шел дождь. Мы сели в коричневый «лексус» и поехали за город.

— Ты бывала раньше в Барселоне?

— Да.

— Каришка, а ведь тебе придется бросить работу.

— Брошу! Не проблема! Завтра лечу в Москву и подаю заявление.

— А я завтра лечу в Лондон, там у меня концерт и большое телевизионное интервью, в котором собираюсь заявить, что женюсь.

— Ой! Это обязательно?

— Да. Мой импресарио потребовал. А что тут такого?

— Да, собственно, ничего!

— Меня непременно спросят, кто моя будущая жена.

— И что ты скажешь?

— Увидишь! — засмеялся он. — И еще там спросят, когда свадьба. А когда у нас свадьба?

— Тебе решать. Только можно обойтись без показушного пира на весь мир?

— Конечно. Но вот без фотосессии в свадебных нарядах — никак! И тебе, вероятно, тоже придется дать какое-то интервью, по крайней мере в России.

— О, господи! А что, если сказать, что твоя невеста не публичный человек, не любит шумихи, а?

— Каришка, увы, это входит в условия моего контракта.

— Господи, что?

— Освещение наиболее значимых моментов в личной жизни, как то: женитьбы, разводы, рождение детей. Я был молодым идиотом, когда подмахнул этот контракт, а теперь что ж...

— Ладно, надо так надо, говно вопрос! Не страшнее, чем прыгать с парашютом!

— А ты что, прыгала?

— Ага!

— С ума сошла! Зачем?

— Сама не знаю. Видимо, возникла потребность в адреналине.

— С ума сойти! Но впредь не делай этого!

— Поживем — увидим! А вдруг ты так меня достанешь, что я вообще паркуром займусь или бэйс-джампингом!

— Я тебя обожаю!

— Но пока я обещаю быть пай-девочкой, не давать каких-то эксцентричных интервью, а буду с умным видом рассказывать журналистам, что ты типичный представитель русской вокальной школы, основоположником которой был Михаил Иванович Глинка, и ее основой стал его концентрический метод развития голоса и что школа эта опирается на благодатнейшие фонетические свойства русского языка...

Он вдруг резко затормозил и затрясся от хохота.

— Ты меня уморишь! Откуда такие познания?

— Я что-то напутала?

— Нет, все нормально, но это было так забавно... Откуда?

— Ну я все-таки искусствовед по образованию, а это азы... Если ты думаешь, что я понимаю, что такое этот чертов концентрический метод, то ты очень ошибаешься, но тень на плетень могу еще как навести!

— Ты мое чудо, мое счастье, женщина, с которой не может быть скучно...

Прямо из Домодедова я поехала в институт.

— Карина, почему вы с чемоданом? — удивилась секретарша декана Галочка.

— Я прямо из аэропорта. Я его тут у вас оставлю, можно?

— Конечно, можно. Вот сюда поставьте. А откуда вы прилетели, если не секрет?

— Из Барселоны.

— А! А что вы там делали, если не секрет?

— Слушала «Бориса Годунова» с Ильясом Абдрашитовым!

— Круто!

— Извините, Галочка! Я пойду...

— Да, да, конечно...

Едва я вышла в коридор, как ко мне подбежала студентка Никифорова, очень смышленая и бойкая девица.

— Здравствуйте, Карина Георгиевна!

— Здравствуйте, Оксана!
— Карина Георгиевна, скажите, это правда?
— Вы о чем?
— Правда, что вы выходите замуж за Абдрашитова?
— Откуда сведения? — ахнула я.
— Из соцсетей!
— С ума сойти! И что же там пишут?
— Что вас засекли в театре с матерью Абдрашитова, и на вопрос журналиста его мать сказала, что вы невеста ее сына.
— Ничего себе!
— Так это правда, Карина Георгиевна?
— Правда, Оксана!
— Ну, вы даете! И что, вы теперь уйдете из института?
— Уйду!
— Жалко!
— Ничего, я думаю мне быстро найдут замену.

А через часа два я совершенно случайно на лестнице услышала разговор трех девиц.

— Слыхали, Карина замуж выходит? — драматическим шепотом осведомилась одна.

— Да! Обалдеть! Такого мужика оторвала в ее-то возрасте!

— Интересно, где она его надыбала?

— Ну, так она же это... вращается...

— Как вращается?
— Ну, во всяких светских кругах, у нее же муж был знаменитый кинорежиссер, вот в этих кругах и подцепила.
— Интересно, что он в ней нашел? Тетка как тетка! Немолодая, а он...
— Ты его видала?
— Сколько раз! Он поет отпадно! И красивый! И знаменитый...
— Да, везет же некоторым...

В глазах этих девчонок я уже безнадежно устарела! Но мне на это наплевать с высокого дерева! Главное, что Ильяс меня любит! И он уже трижды уверил меня в этом, прислав эсэмэски.

Едва я вошла в квартиру, как зазвонил домашний телефон.
— Каринка, приехала?
Тонька!
— Только что вошла.
— И что?
— Подала заявление!
— Заявление? Какое?
— Об уходе.

— Почему?

— Замуж выхожу, Тонька! И я совершенно счастлива!

— Вон даже как! Здорово! Ну рассказывай!

— У меня связного рассказа сейчас не получится. Задавай вопросы!

— Легко сказать... Их столько! Ну, для начала. Где будешь жить?

— Для начала я буду не столько жить, сколько мотаться с ним из города в город.

— Ну а база-то где будет?

— Там, где его мама, в Испании. Там прелестный двухэтажный дом в саду у моря, дивный померанцевый шпиц по кличке Лютик, от радости он бегает на передних лапках. Чудо!

— А мама?

— И мама чудо! Она так меня приняла...

— Ты трахнулась?

— А как же!

— Хорошо?

— Очень. Просто очень-очень!

— То есть все безоблачно?

— Если не считать, что в соцсетях это уже обсуждается. Я в институте нахлебалась...

— Не бери в голову!

— Да когда я брала это в голову?

— Умницы! А свадьба когда?

— Он должен все выяснить с импресарио. Тогда и решим.

— Ну, подруга, надеюсь, с этим мужем ты такого дерьма не нахлебаешься.

— Боюсь, тут будет еще больше дерьма, так сказать, в международном масштабе. Я уверена, у него был миллион баб, а женится он на мне!

— Первый раз женится?

— Нет, второй. Там есть дочка, но экс-супруга не позволяет ему с ней видеться, Наиля Сабуровна страдает. И, думаю, это только верхушка айсберга. Но мне плевать!

— И правильно!

От Наили Сабуровны пришло сообщение: «Детка, у Ильки сегодня концерт, он не будет выходить на связь, не обижайся!»

Какая она милая! Но поздно ночью он позвонил.

— Каришка! Я скучаю!
— Как прошел концерт!
— Говорят, очень хорошо!
— У тебя усталый вид.
— Да, я здоров устал и жутко хочу к тебе. А завтра интервью и вообще, гастроли, гастроли... Ой, я тебя разбудил?

— Нет! Я еще не спала. А ты что, после концерта никуда не пошел?

— Нет, не хотелось, хотелось поскорее вернуться в номер и поговорить с тобой, посмотреть на тебя... Ты подала заявление?

— Да, конечно.

— Как только освободишься, будешь ездить со мной. Я уже мечтаю об этом! Тебя это не пугает?

— Нет, меня это радует.

— А у тебя много платьев?

— Платьев? Каких платьев?

— Ну, на моих концертах и спектаклях тебе всегда надо быть в чем-то очень красивом. Ты теперь будешь на виду.

— О господи!

— Не беда! Купим! Знаешь, как мне хочется повести тебя в какой-нибудь шикарный магазин. Я буду сидеть с чашкой кофе, нога на ногу, а ты будешь примерять разные платья, вот ты выходишь из примерочной, я смотрю и...

— Ты смотришь, морщишь нос и мотаешь головой, не то!

— Ага! Класс, правда? — хохотал он.

— Класс! И тоже как в старом кино! А ты не разоришься на моих платьях?

— Как-нибудь потяну! Каришка, родная моя, а ты знаешь, чем я сегодня завершал концерт?

— Неужели «Би май лав»?
— Конечно!
— Я так скучаю, мне так тебя уже не хватает!..
— И мне! Знаешь, я так благодарен тому твоему мужику!
— За что?
— За то, что привел тебя тогда в «Асторию»!
— Тебе не кажется, что это немного цинично?
— Нисколько! Он же отпустил тебя, не стал за тебя бороться, идиот!
— Ну все, Илька, ложись спать! Ты устал.
— Если б ты была сейчас со мной, я бы никакой усталости не ощущал!
— Если я все время буду с тобой, ты скоро начнешь уставать от меня.
— Никогда!
— Никогда не говори «никогда»!

А утром мне вдруг позвонила Евгения Памфиловна. Со дня свадьбы ее дочери мы не общались.

— Карина, здравствуй, моя дорогая! — как-то очень взволнованно произнесла она.

Я поняла, что это не просто звонок старой знакомой.

— Карина, скажи, вы с Кузьмой расстались, да?

— Да, нам обоим просто что-то померещилось.

— Карина, ты знаешь, у него колоссальные неприятности, его арестовали...

— Господи помилуй! За что?

— Там целый букет... Да еще до кучи обвинение в доведении до самоубийства. Денис просто в трансе...

— У него хороший адвокат?

— Откуда я знаю! Каринка, я просто не понимаю, что делать, как ему помочь...

— А кого это он довел до самоубийства?

— Да баба какая-то отравилась и оставила записку: «В моей смерти прошу винить Кузьму Брагина...» Денис сказал, что эта баба живет, тьфу, жила в твоем доме, вдруг ты что-то о ней знаешь?

— Зарубина? — догадалась я.

— Да, точно!

— Она умерла?

— Умерла, видать, дозу не рассчитала. Надеялась небось выжить, сучка такая...

— Евгения Памфиловна, она законченная истеричка, она сама с шумом и треском выгнала Кузьму, об этом весь подъезд знает, мы с ним так и познакомились...

— Как?

— Я вернулась с работы, вхожу, а тут слышатся какие-то вопли, сверху летят мужские шмотки, дорожная сумка, а Кузьма в полном ошалении комкает вещи, пихает в сумку, а проклятия продолжают сыпаться... Ну, я ему и помогла аккуратно сложить вещи. А потом мы встретились на Дусиной свадьбе...

— Но у вас что-то было?

— Что-то было, но не склеилось, впрочем, сейчас это не важно. Надо как-то ему помочь... Если нужно, я выступлю свидетелем, да и еще найдутся свидетели в подъезде. Скажите, а... другие обвинения... Они тоже по уголовным статьям?

— Нет, там по экономическим... И его поначалу отпустили под подписку о невыезде, а через два дня...

— А что говорит адвокат?

— Я мало что понимаю, но, если честно, он мне не внушает доверия. И Денису тоже. Но у нас нет денег на какую-нибудь знаменитость, ты же понимаешь...

— Понимаю! Ой, у меня есть один знакомый, я попрошу его... или по крайней мере выясню все о репутации вашего адвоката. Скажите мне его фамилию и имя-отчество.

— Брусенцов Игорь Вячеславович.

— Я сейчас же позвоню своему знакомому и потом перезвоню вам. Правда, я не уверена, что он в Москве, но я попытаюсь.

— Каринка, я убеждена, что это все клевета, Кузьма в высшей степени порядочный человек...

— Я сделаю все, что от меня зависит!

— Спасибо тебе!

...Господи, что же это? Я отыскала визитку Ключникова и позвонила ему на мобильный. Он мгновенно откликнулся.

— Карина? Я рад, что вы позвонили. Что-то случилось?

— Да, Феликс. Вы в Москве?

— Да.

— Надо бы увидеться, одному моему знакомому срочно нужна помощь, у меня сведения только самые поверхностные...

— Ваш знакомый арестован?

— Да!

— Хорошо, давайте встретимся, ну, скажем, через полтора часа на Комсомольском проспекте?

— Хорошо.

— Там, рядом с Дворцом молодежи есть итальянское кафе, не бог весть какое, но поговорить там можно!

— Спасибо, Феликс, я очень на вас рассчитываю.

Я вошла в кафе и сразу его увидела. И загадала: если он встанет, когда я подойду, все у Кузьмы уладится. Я желаю ему только добра. Феликс чуть приподнялся. Все-таки лучше, чем ничего!

— Кофе, чай, или, может, вы голодны?

— Нет, благодарю, только кофе ристретто.

— Ну, Карина, что у вас стряслось?

Я сообщила ему то, что знаю.

— И вы хотите, чтобы я занялся этим делом?

— Понимаете, у него есть адвокат, но родственникам он не внушает доверия. Некто Брусенцов Игорь Вячеславович. Вам это о чем-то говорит?

— Да. Но мне не хотелось бы голословно в чем-то обвинять коллегу, это не этично.

— Феликс, но наедине, без посторонних ушей, вы можете мне сказать...

— Ну, если без передачи... Он прохиндей, он частенько проигрывает дела, а при этом очень богат.

— То есть он играет на руку обвинителям?

— Это вы сказали.

— Но что же делать?

— Для начала родственники должны расторгнуть договор с ним. И нанять меня. Только тогда я смогу заняться этим делом вплотную. Ваш знакомый сам из Питера?

— Да, но родственники в Москве. Племянник, которого Брагин вырастил, его молодая жена...

— Я правильно понимаю, что особых денег там нет?

— О деньгах Брагина я ничего не знаю, но полагаю, все деньги у него вложены в дело, а у племянника наверняка негусто... Но мы вместе изыщем нужную сумму.

— Вы меня не так поняли, Карина! Дело в том, что, если Брусенцов взялся за это дело, без особых материальных выгод, значит...

— Значит, ему платят люди, которые хотят избавиться от Брагина, чтобы отжать его бизнес?

— К гадалке не ходить. Вот что мы сделаем. Меня для начала наймете вы.

— Я?

— Да. И только по делу этой покойной дамочки. Есть у меня подозрения, что это звенья одной цепи. И если я вытащу одно это звено, может и вся цепь развалится. Давайте сейчас пройдем в мою контору, заключим договор, и я сегодня же займусь этим делом. Не волнуйтесь, я возьму с вас по минимуму.

— Хорошо! Спасибо вам, Феликс!

Вернувшись домой, я вдруг подумала: я должна рассказать обо всем Ильясу. Не хочу от него ничего скрывать. Он, конечно, взревнует, но... Но пусть знает, что я все-таки человек независимый, самостоятельный, а не просто невеста знаменитего певца. Мне это пригодится и в дальнейшей жизни с ним. Жизни без него я себе уже не мыслила, но все-таки полностью в нем раствориться я, как выяснилось, не готова!

И я написала ему: «Илечка, любимый, ужасно скучаю и нуждаюсь в тебе! Я должна поговорить с тобой, это никак не касается наших с тобой отношений, но просто у меня возникла ситуация, в которой я не хочу ничего от тебя скрывать. Как будет время, свяжись со мной! Люблю!»

Он позвонил только на следующее утро.

— Что стряслось, Каришка? Я тебя разбудил?

— Нет, но даже если бы разбудил, это не важно! Я всегда рада тебя видеть и слышать.

— Так что все-таки случилось?

— Меня попросили помочь Кузьме, он попал в беду!

— Кузьме? Кто такой Кузьма?

— Это тот человек, из «Астории».

— Так! И что с ним случилось?

— Его арестовали. Все обвинения, похоже, сфабрикованы...

— И как ты намерена ему помогать?

— Я дам показания относительно одной женщины, которая покончила с собой и написала в предсмертной записке, что виноват Кузьма. А она законченная истеричка. И еще я порекомендовала своего знакомого адвоката, там, похоже, адвокат был недобросовестный.

— И зачем ты мне все это рассказала?

— Не хочу ничего от тебя скрывать, только и всего...

Он помолчал. А потом вдруг широко улыбнулся:

— Ты молодчина! Я горжусь тобой! Конечно, надо помочь мужику. Я хорошо знаком с этой темой. Одна ненормальная и со мной проделала нечто похожее. Я тогда тоже хлебнул. Меня, правда, не сажали, но... И вот еще что... Если будут нужны деньги, в разумных пределах, конечно, я готов помочь.

— Илька! Ты самый лучший человек на свете!

— А кто этот адвокат? Как его зовут?

— Феликс Ключников.

— Он хороший адвокат?

— Не знаю, но производит впечатление порядочного.

— Я надеюсь, ты не пожалеешь этого Кузьму настолько, чтобы вернуться к нему?

— Можешь быть уверен! У него нет такого сказочного голоса!

— Ладно, Каришка, я надеюсь, вскоре все утрясется. А я так напугался, прочтя твое сообщение, чего только не передумал... И, знаешь что, пришли мне все реквизиты твоей карточки, я буду подбрасывать тебе денежки.

— Илька, не нужно пока!

— Нужно-нужно! Мне так будет спокойнее, я же знаю, ты умрешь, не попросишь, гордая слишком. За что и люблю.

Господи, какое сокровище мне досталось! Я думала, он рассердится, мне придется его убеждать в необходимости помочь Кузьме, а он... Бог дал ему не только огромный талант, но еще и редкую доброту... Бывает же такое!

В театральном я была на договоре, и расторгнуть его до весны не удавалось. Ничего, решила я, пока поработаю, а потом покажу договор Феликсу, может, он что-то присоветует. Он пока не звонил, а я не хотела его зря тормошить. Зато позвонил Денис.

— Карина Георгиевна, спасибо вам, что согласились помочь дяде.

— Денис, вы только ему обо мне не говорите.

— Почему?

— Когда-нибудь я вам это объясню. Поверьте, это может все осложнить.

— А, кажется, я понял. Хорошо, не скажу! Феликс Валентинович посоветовал пока не сообщать ничего Брусенцову. Он занимается делами комплекса, а Ключников — делом Зарубиной, и он хочет, чтобы пока это не соприкасалось... Я ему поверил.

— Хорошо! Денис, скажите, вы виделись с дядей?

— Да, один раз.

— И как он?

— Держится.

— Слава богу!

Бедный Кузьма! Я абсолютно не верила в то, что он способен на какие-то бесчестные деяния. И невольно возвращалась мыслями к тому, что было между нами. Иначе как мгновенно вспыхнувшую и столь же мгновенно угасшую страсть я это не могу определить. Но я ни чуточки не жалею ни о том, что это было, ни о том, что из этого ничего не вышло. Хотя нет, благодаря этому я встретилась с моим Илькой, очевидно, предназначенным мне свыше. Когда-то Лёня мне сказал: «Марфуша, уйми своего ежа!» Я не поняла тогда, какого еще ежа? А он объяснил: «У тебя внутри спрятан ежик. Когда мы вдвоем, он обычно тихо спит, а с посторонними вдруг выпускает все иголки, хотя иной раз и мне достается!» И он был прав! А сейчас... Мне кажется, сейчас мой ежик исчез куда-то. Иной раз он и мне досаждал... Тем более, когда это злобное бабье после смерти Лёни ополчилось против меня. Он колол меня изнутри, мешал жить... А сейчас я совсем забыла о нем. Ну, поживем — увидим!

Ключников прорезался через неделю.

— Карина, боюсь делать прогнозы, но, кажется, я развалю это дело!

— Это не самоубийство?

— Не по телефону! Давайте встретимся, поужинаем и поговорим. Я вас приглашаю!

— С удовольствием, Феликс!

— Как вы относитесь к греческой кухне?

— Прекрасно отношусь!

— Тогда я за вами заеду без четверти восемь.

— Хорошо.

— Только будьте готовы ко времени. А то у вас там не припаркуешься. Я вас подхвачу!

— Позвоните мне минут за пять, я спущусь.

Он позвонил. Я спустилась, и буквально через минуту к подъезду подкатил синий «пежо».

— Рад вас видеть, Карина! Чудесно выглядите!

— Я тоже рада, Феликс! Куда вы меня повезете?

— На Тишинской площади очень симпатичный греческий ресторан и, кстати, весьма популярный. Там надо заранее заказывать столик.

— Даже так?

— Да. Ну вот, Карина, что я вам скажу. Это не самоубийство. Ее убили специально, чтобы подставить Брагина.

— А записка? Это не ее почерк?

— В том-то и дело, что ее. Оказывается, она постоянно доставала его, грозила самоубийством, и в столе у нее нашли еще несколько вариантов предсмертной записки. Она тщательно готовила инсценировку... А ей помогли. Патологоанатом обнаружил едва заметный след от укола. Ее усыпили, как больную собаку. А таблетки, которыми она якобы отравилась, просто выкинули в унитаз. Оставили пустую упаковку. Действовал, похоже, не слишком опытный и искушенный убийца, одна таблетка закатилась за унитаз, что и навело следствие на мысль о том, что все не так просто. Действовали достаточно топорно, очевидно, в расчете на нерадивость полиции. Они и в самом деле не слишком ретиво занимались этим делом, но после моего вмешательства испугались и разобрались-таки. Вот так, Карина!

— Господи, Феликс, спасибо вам огромное!

— И, кстати, ваш рассказ об истерике Зарубиной подтвердили еще несколько жильцов и консьержка тоже. И об ее громогласных угрозах покончить с собой так, чтобы Брагин сел в тюрьму! Это дело на днях будет закрыто.

— Его выпустят до суда?

— Пока не спешат. Но Брусенцов отказался от дела, сославшись на болезнь.

— Почему?

— Точно не знаю, полагаю, испугался, что я могу вывести его на чистую воду. Кстати, ко мне уже засылали человека с предложением завалить дело Брагина. Обещали бешеные деньги!

— Господи помилуй! А вы?

— Отказался, естественно! Я забочусь о своей репутации.

— Они вам угрожали?

— Намекали!

— И что?

— Карина, не беспокойтесь!

— Как я могу не беспокоиться, если я вас в это втравила!

— Я не мальчик, меня нельзя ни во что втравить против моей воли. Мне самому это интересно! Сейчас все-таки уже не девяностые, эти люди уже не чувствуют себя абсолютно безнаказанными. Но пока идут бесконечные проверки состояния дел на фирме, и чем дальше, тем больше эти люди боятся. Кавалерийский наскок не прошел, думаю, задержки пойдут только на пользу Брагину. И пусть он лучше пока посидит, целее будет. А условия содержания у него вполне приличные.

— Вы видели его?

— Разумеется!

— Феликс, пожалуйста, не надо ему говорить обо мне!

— Да я уж понял...

— Что вы поняли? — вспыхнула я.

— Что не стоит говорить ему о вас! Вы ведь выходите замуж за знаменитого певца!

— Это из соцсетей?

— Разумеется! Кстати, Карина, если вас начнут доставать бывшие женщины вашего жениха...

— Я непременно обращусь именно к вам! — рассмеялась я.

— Ну, это как-то подразумевается теперь! Но я хотел сказать другое. На все спектакли и концерты Абдрашитова в Москве...

— У вас будут билеты, обещаю вам!
— Будем считать это моим гонораром.
— Феликс, но...
— Не волнуйтесь, Карина, Брагин расплатится со мной, все честь по чести, а к тому же это дело обещает стать резонансным. Не могу сейчас называть имена, но там замешан человек из властных структур Ленинградской области. Только никому ни слова, я и так уже наговорил лишнего. И, главное, не обсуждайте все, что я вам тут наболтал, с его родственниками. Это лишнее.
— Я поняла. И, судя по последним изысканиям, не обсуждать это по скайпу, в соцсетях и так далее?
— Вы вот смеетесь, а это ведь и вправду может быть опасно. Мало ли какие зацепки у этих людей...
— Господи, если б вы знали, Феликс, как я все это не люблю, все эти гаджеты... Но куда без них? Хочется же видеть любимого человека, когда он далеко...
— Как у вас загораются глаза, когда вы говорите о нем... Ох, и несладко вам придется в качестве звездной жены! Уж Алевтина Архиповна постарается, будьте уверены!

Мы засмеялись.

— А можно полюбопытствовать?
— Валяйте!
— Какое она-то имеет к вам отношение, вернее, к вашему покойному мужу? Там был роман?
— Нет, Лёня вообще ее терпеть не мог. Она была замужем за его другом, они еще были соседями. Но когда Лёня на мне женился, она как с цепи сорвалась.
— Вероятно, она была в него влюблена.
Я озадаченно уставилась на него.
— Да? Мне почему-то это в голову не приходило. Она же намного старше него.
— Ну и что? Сердцу не прикажешь.
— Феликс, вы умница! Конечно, как я раньше-то не догадалась, дура набитая! А ларчик просто открывался! Знаете, когда Ильяс приедет в Москву, я вас непременно с ним познакомлю, я уверена, вы подружитесь...
— Почту за честь! Скажите, Карина, а вы... вы смотрели мамин альбом?
— Честно? Нет, пока нет. Мне немного страшно...
— И не хочется больше жить прошлым, да?
— Да. Я пять лет жила только прошлым. А сейчас больше не могу! Но все равно, я обязательно посмотрю этот альбом, я буду хранить его вместе с дневниками мужа, которые тоже недавно

ко мне попали. Я всегда буду помнить Лёню, это была большая настоящая любовь. Но я еще слишком молода, чтобы жить только прошлым, как хотелось бы Алевтине Архиповне. Знаете, как я ее называю? Четырежды Бывшая!

— Здорово! Карина, я совсем еще мало вас знаю, но, по-моему, вы сильно изменились в последнее время, стали как-то мягче, да?

— Да!

— Это любовь?

— Похоже на то.

— И вы, вероятно, умеете дружить?

— Умею. У меня мало друзей, но...

— Очень хотелось бы иметь такого друга, как вы. Я, как ни странно, верю в дружбу между мужчиной и женщиной. Вполне!

— Да, вероятно, вы правы, но я вот когда-то просто дружила с Абдрашитовым, и вдруг...

— Звучит обнадеживающе, — рассмеялся Феликс.

— Ох, что я несу, — спохватилась я.

— Влюбленной женщине простительно. Однако мы не станем делиться впечатлениями от нашей встречи в социальных сетях.

— На радость Алевтине Архиповне? Ни за что! И селфи не станем делать!

— Факт, не станем! Знаете, мне жалко нынешнюю молодежь. Разве общение в фейсбуке заменит вот такой разговор за хорошим ужином?

— Я пытаюсь говорить об этом со студентами. Меня иногда понимают, но редко. Числят в ретроградках. Ну и пусть!

Впечатление от общения с Феликсом осталось самое приятное. А главное, я поверила, что он действительно сможет помочь Кузьме.

Ильяс прислал мне запись своего интервью на Би-би-си, где он много рассуждает о современной опере, о том, насколько камерные концерты сложнее выступлений в опере, поскольку там ты один на один с залом, без декораций, партнеров, костюмов и режиссерских придумок. Сказал, что готовит концерт из произведений Шуберта, даже спел маленький фрагмент «Лесного царя». А когда спросили о его планах, он ответил, что у него все расписано на три года вперед, но есть одна новость, которой он хочет поделиться со своими зрителями и слушателями. Он намерен жениться во второй раз. На вопрос, кто его избранница, он ответил: «Это женщина, которую я любил в ранней юности, а теперь мы снова случайно встретились и оба поняли, что дальше не можем и не хотим существовать порознь. Это русская женщина, умная, образованная, с прекрасным чувством юмора и, наконец, просто очень красивая. Ее зовут Карина Дубровина. И, кроме всех вышеперечисленных достоинств, она еще добрая и благородная...» «Ваша невеста музыкант?» «Нет, она преподаватель истории искусств». Ему пожелали счастья и т. п. А я сразу представила себе, как Алевтина Архиповна поджимает губы и цедит: «Ха! Благородная! Да на ней пробы ставить негде!»

Ильяс улетел в Новую Зеландию петь Дона Базилио в трех спектаклях.

А через три недели ему предстояло петь Филиппа в «Дон Карлосе» в Ла Скала.

— Каришка, землю с небом сведи, но приезжай в Милан, я уже схожу с ума, сколько можно быть врозь?

— Илечка, обещаю! Я сама уже на грани сумасшествия от тоски!

— А что там с твоим Кузьмой?

— Пока его не выпустили, но, надеюсь, скоро освободят. Шансы очень хорошие.

— Ну и слава богу! Мама тоже по тебе скучает. Говорит, что при слове «Карина» Лютик начинает тихонько скулить! Он тоже полюбил тебя.

Каждый разговор с ним по скайпу наполнял меня радостью и надеждой. Однажды позвонила Агнесса.

— Карина Георгиевна, я уполномочена передать вам конверт от Ильяса.

— Какой конверт?

— Ильяс сказал, что вы никак не хотите сообщить ему ваши банковские реквизиты, и он сделал на ваше имя карточку. Я должна ее вам передать.

— Ох, я все время забываю про это...

— Ваша забывчивость доставила Ильясу лишние хлопоты. Перевести деньги проще, чем сделать карточку, — сухо сказала она.

Так, кажется, она меня уже невзлюбила. Ну еще бы! Но мы встретились, она передала мне конверт, вымученно улыбнулась.

— Если у вас возникнут какие-то проблемы, обращайтесь ко мне. Ильяс просил меня оказывать вам помощь в случае необходимости.

— О, я вам чрезвычайно признательна! — вежливо ответила я, а про себя подумала: «Да я лучше удавлюсь, чем попрошу у тебя помощи!» Это в отсутствие любимого проснулся мой еж. Но забота Ильяса меня тронула до глубины души.

Я отправилась к Оле. И мы вдвоем придумали два вечерних платья для посещения Ла Скала. Одно черное, а второе терракотовое. Когда я сказала Оле, для чего именно эти платья предназначены, она всплеснула руками:

— Карина, вы с ума сошли! Как можно?
— Можно и нужно! Не хочу я, приехав в Милан, сразу мчаться по магазинам в поисках неизвестно чего.

— Ох, вы и авантюристка! А сколько там будет спектаклей?

— Три!

— А что, если к черному сделать накидку из вологодских кружев, получится как будто новое платье!

— Гениально!

— А еще я знаю один магазинчик, там торгуют елецкими кружевами и там я видела готовые жакетки! Будет не хуже!

— А как вы считаете, кружева должны быть черные или, может, белые?

Она задумалась.

— Я думаю, надо купить жакетку, допустим, белую или суровую, и еще большой палантин, черный. И я сделаю на юбке такую штуку, что вы пристегнете ее, откроете одну ногу до колена, и никто не догадается, что это опять то же платье! Как вам?

— Оля, я в восторге!

— Только имейте в виду, эти кружева недешевое удовольствие.

— Ничего, потяну! Все равно куда дешевле, чем одно платье в каком-нибудь модном доме.

— Это уж точно!

Идея с кружевами меня вдохновила, мы условились через два дня вместе поехать в магазин. А я решила поискать туфли к терракотовому платью. Черные у меня есть. Покупать вещи в Интернете я не люблю, особенно обувь, ее же надо мерить. Однако в первый день я измучилась, но не нашла ничего подходящего. Домой приползла еле живая. Сделала себе омлет, сварила какао, обожаю иногда выпить чашку со сливками. И вдруг раздался звонок в дверь. Кого это черт принес?

— Кто там?

— Карина Георгиевна, откройте, пожалуйста, — услышала я девичий голосок.

— Вы кто?

— Ради бога откройте, это очень-очень важно! — всхлипнула она.

Я открыла. На пороге стояла девушка, лет двадцати семи, заплаканная, но видно, что хорошенькая.

— Карина Георгиевна, мне необходимо с вами поговорить.

— Но кто вы?
— Я... Я девушка Ильяса Абдрашитова. Начинается!
— Как я понимаю, бывшая девушка? — проснулся мой еж. — Вы сейчас скажете мне, что вы безумно его любите, жить без него не можете и, скорее всего, ждете от него ребенка, так?
— Да, все так, я уже на третьем месяце...
— И что?
— Он обещал на мне жениться. А теперь... Он сказал, что уходит от меня, потому что встретил вас.
— И что дальше?
— Я умоляю вас, оставьте его. Он благородный человек, он не бросит своего ребенка...
— Да, он благородный человек и действительно не бросит своего ребенка, но на вас он все-таки не женится, если он вас оставил, значит, не любит вас.
— Какая вы жестокая!
— Нет, я просто реалистка. И не отдам его за здорово живешь. Вы, видимо, насмотрелись дурацких сериалов, где героиня верит любой чепухе и уходит в ночь, обрекая на долгие мучения и себя и героя. Тут не тот случай. Если вы и вправду беременны и вам нужен этот ребенок, что ж, рожайте. И если экспертиза ДНК подтвердит отцовство

Ильяса, он несомненно будет помогать и, скорее всего, даже признает ребенка. Но обрекать себя на жизнь с нелюбимой женщиной ему не позволит хотя бы инстинкт самосохранения. Для нормальной работы ему нужен душевный покой. Так что, девушка... А как, кстати, вас зовут?

— Марина.

— А фамилия?

— Варфоломеева. А зачем вам?

— Да вот думаю спросить Ильяса, знакома ли ему такая девушка. Хотя я лучше спрошу у его мамы... Зачем его напрасно тревожить...

— Да, не зря мне говорили, что у вас нет сердца! — зарыдала девица.

— О да, я совершенно бессердечная тварь! И на такую дешевку не покупаюсь! Я все сказала! Ступайте с богом!

Она ушла. А у меня осталось ощущение какого-то гадкого розыгрыша. Я не верила ни в беременность этой девушки, ни даже в то, что она вообще знакома с Ильясом. Но кому это все понадобилось? И я решила позвонить Наиле Сабуровне. Она обрадовалась.

— Детка, как хорошо, что ты позвонила. Дай-ка я на тебя посмотрю. Что-то случилось? Почему у тебя такой воинственный вид?

— Наиля Сабуровна, скажите, вы когда-нибудь слышали о девушке Ильяса по имени Марина Варфоломеева?

— Марина Варфоломеева? Впервые слышу. Впрочем, я могу чего-то и не знать. А откуда ты...

— Она сейчас явилась ко мне вся в слезах, стала умолять меня оставить его, так как она якобы беременна.

— И что ты сделала?

— Сказала, что, если она действительно беременна и хочет оставить ребенка, пусть рожает, и если экспертиза подтвердит его отцовство, он признает ребенка и будет помогать. А что еще я могла сказать? Но у меня создалось впечатление, что все это лажа... И вот решила спросить у вас...

— Лучше спросить у Ильки! Но, думаю, ты все правильно сказала. Знаешь, мне сдается... Это как-то направлено против тебя.

— Я тоже так подумала, но, с другой стороны, Илька мужик и вполне мог переспать с какой-то девицей...

— Мог, конечно! А ты позвони ему!

— Да ну, звонить в Новую Зеландию... Тревожить его... У него там спектакли...

— Я сама ему позвоню, я все равно собиралась, поскольку тут пришел какой-то странный счет, я плохо в этом разбираюсь... Я буду звонить ему через час и потом позвоню тебе!

— Спасибо вам огромное, Наиля Сабуровна!

— Не за что пока! А ты вот послушай, какой у тебя тут поклонник объявился. Лютик, Карина!

И до меня донесся скулеж! Какая прелесть этот песик!

Я не находила себе места. Вовсе не от ревности, нет, я жаждала узнать, что и кто за всем этим стоит, мой еж выпустил все свои иголки, да какой там еж, скорее уж дикобраз!

Прозвенел скайп. Наиля Сабуровна.

— Детка, он говорит, что никакой Марины Варфоломеевой никогда даже не видел. И я ему верю! Я не стала ничего ему объяснять, спросила как бы между прочим, а он был какой-то задуренный и особо не допытывался, только сказал, что безумно по тебе скучает.

— А я как скучаю!

— Когда ты сможешь уехать из Москвы?

— Окончательно еще не знаю, но в Милан вырвусь, чего бы мне это ни стоило.

— Я тоже собираюсь в Милан!

— Как хорошо!

— Знаешь, детка, мне все же не дает покоя мысль о визите этой девицы... Кому это могло понадобиться?

— Ох, мало ли... И ведь это явно реакция на Илькино интервью Би-би-си!

— Как хорошо он о тебе сказал, правда?

— Правда, но кому-то это не понравилось. Хотя... Он живой мужик, она очень хорошенькая... Почему бы и нет?

— Не знаю, не в его это стиле...

— Да ладно, поживем — увидим, не хочу заморачиваться всем этим. Как будет, так будет!

— Вероятно, ты права...

На другой день я возвращалась домой, открыла почтовый ящик, там лежали счета от МГТС и Мосэнергосбыта, счет за квартиру и какой-то конверт, чистый, без адреса и без штемпеля. У меня почему-то возникло неприятное чувство, в этом конверте наверняка какая-то пакость. Я ощупала его, понюхала, вроде все нормально. Войдя в квартиру, первым делом вскрыла конверт. Там лежал листок бумаги. А на нем: «Будь ты проклята, гадина! Берегись!»

Так! Начинается! И что с этим делать? Написано было от руки печатными крупными буквами. И что теперь? Идти с этим в полицию? Смешно! Наплевать? Это проще всего! Но мало ли что взбредет в голову какой-то сумасшедшей бабе! Мне стало не по себе. Я позвонила Тоньке.

Трубку взял Кирилл.

— Кир, а Тонька дома?

— Что-то случилось, Каринка? У тебя такой голос... А Тоньки сейчас нет.

— Кирюш, я тут получила послание... — я зачитала ему текст.

— Да, противно. И сейчас развелось столько сумасшедших... Мой тебе совет, уезжай скорее из Москвы, тебе же теперь есть к кому ехать.

— Да не могу я пока. Должна доработать и еще...

— А давай я отвезу тебя к нам на дачу. Никто тебя там искать не станет, это ж не мафия на тебя ополчилась, а влюбленная в Абдрашитова психичка...

— Спасибо, Кирюш, но мне одной там еще страшнее будет.

— Тогда так! Сидишь дома, никому не открываешь, а если надо куда-то поехать, вызываешь такси к дверям. Продукты заказываешь в «Утконосе». А если получишь еще письмо с угрозами, берешь эти послания и идешь к ректору. Тебя точно отпустят.

— Они могут решить, что я сама эти письма написала, чтобы меня отпустили...

— Тогда обратись к этому Ключникову, он подскажет, что делать!

— Это хорошая идея, но я пока никуда не буду обращаться, может, больше угроз и не будет...

— Хотелось бы надеяться. Тонька как вернется, тебе позвонит.

На следующий день я обнаружила еще один такой же конверт.

«Я тебе так твою харю изукрашу, что никто на тебя и не взглянет без ужаса, тварь!»

Консьержка сидела и вязала.

— Мария Дмитриевна, скажите, вы не заметили случайно, никто чужой к почтовым ящикам не подходил?

— Да вроде нет, а что?

— Мне уже второй раз шлют письма с угрозами в таких вот конвертах...

— Ой, мамочки, с угрозами?

— Да, вот, почитайте, что сегодня прислали, только руками не трогайте, я отнесу это в полицию, пусть отпечатки пальцев снимут!

Женщина вдруг страшно побледнела:

— Ой, мамочки, мне плохо!

— Что с вами?

— Ой, Карина Георгиевна, это мне... это я...

— Что вы? Это вы писали?

— Да упаси Господь! Разве ж я когда... Нет, это вчера еще, я как пришла, какой-то парнишка позвонил и говорит: «Я из посольства, тут приглашение для госпожи Дубровиной. Велено передать». А я видала, как вы ушли, и говорю: «Давай сюда, я в ящик ей положу». Он поблагодарил и уехал.

— На чем уехал?

— На велосипеде. И сегодня опять он... Я спрашиваю, чего это он зачастил, а он говорит, мол, его это не касается, ему велено передать, он и передает.

— Понятно.

— Ой, Кариночка, разве ж я могла знать, что там такое...

— Мария Дмитриевна, а вы не в курсе, у нас тут камеры видеонаблюдения есть?

— В подъезде нету, а снаружи должны быть!

— А к кому обратиться, чтобы посмотреть?

— Думаю, к участковому!

— У вас есть его телефон?

— А как же! Вот правильно! Позвоните ему, его звать Медведкин Михаил Остапович. Хороший мужик, ответственный!

Придя домой, я первым делом позвонила участковому. Он сразу снял трубку. Я объяснила ему, в чем дело.

— Хорошо, Карина Георгиевна, я к вам нынче к вечерку загляну, вы мне письма покажете и все подробно опишете.

— Спасибо, Михаил Остапович, буду вас ждать.

Он явился уже в девятом часу, вид у него был замученный.

— Может, чаю выпьете?

— Спасибо, не откажусь. А у вас курить можно?

— Курите!

Я поставила перед ним пепельницу и большую кружку чаю с лимоном.

— Вот спасибо! Ну, показывайте ваши письма.

Я показала.

— Ничего себе! И кому это вы дорожку перебежали, уважаемая?

— Если бы я знала! Но я собираюсь замуж, мой будущий муж знаменитый оперный певец...

— Оперных певцов не знаю, но все равно понятно. Спасибо за чай, и давайте-ка вместе пойдем глянем, что там на камерах есть. Только скорее всего парня этого просто наняли...

— Но если мы его найдем... А вдруг он здешний, вдруг вы его узнаете?

— Такое может быть.

Но на записи мало что можно было увидеть. Парнишка был в бейсболке, козырек скрывал лицо, он явно прятал его от камер.

— Нет, я его первый раз вижу, — покачал головой Михаил Остапович. — Жалко, ничем вам не могу помочь, вы хорошая женщина, и никогда от вас никакого беспокойства. Если что, всегда обращайтесь...

— Обязательно!

Он проводил меня до подъезда. Я была тронута.

— Ну что, увидали что-нибудь? — полюбопытствовала Мария Дмитриевна.

— Да нет, пустой номер. А скажите, в котором часу этот парень приезжал?

— Ну, примерно в половине десятого.

— И вчера и сегодня?

— Да, аккурат в то же время!

— Спасибо!

У меня возникла одна идея. Утром мне никуда не нужно. Я тщательно подготовилась к завтрашней операции.

И ровно в девять, как обычно, когда иду на работу, я вышла из дому. Пошла на стоянку, взяла машину и припарковалась напротив подъезда. Тут стоянка была платная, но мне не было жалко денег. Подожду часок, авось сумею выследить парня. Интересно, появится он сегодня? Если появится, значит, действует какая-то идиотка. Что ж, каждый день он будет говорить, что его прислали из посольства? Глупо до изумления! Но вот я заметила велосипедиста в бейсболке. Когда я выходила, консьержки на месте не было. Велосипедист спешился у нашего подъезда и собрался уже позвонить. Я вышла из машины и как ни в чем не бывало подошла к двери. Парнишка скользнул по мне взглядом. Вполне безразличным, видимо, не знал меня в лицо.

— Вы к кому? — спросила я.

— Ой, тетенька, вы не могли бы опустить этот конверт в почтовый ящик, квартира тридцать четыре?

— Сам опусти, — я впустила его в подъезд.

— Ой, спасибо, тетенька!

Ему было лет пятнадцать от силы. Он шмыгнул к почтовым ящикам.

Я схватила его за рукав. Тщедушный испуганный подросток.

— Вы чего?

— А ну говори, кто тебя подослал! — Я слегка заломила ему руку.

И тут откуда ни возьмись появилась Мария Дмитриевна и кинулась мне на помощь. Парнишка взвыл, попытался освободиться, но мы вдвоем держали его, а он от страха, похоже, сомлел.

— Ах, пащенок! — негодовала Мария Дмитриевна. — Что ж ты, гаденыш, делаешь? Говори, кто тебя посылает?

— Не знаю, тетка какая-то. Она мне платит. А я что, дурной, от бабок отказываться! Она по полтыщи за раз дает!

— Кто такая?

— Да почем я знаю!

— Значит так, сейчас мы полицию вызовем, там ты все скажешь, придурок! — горячилась Мария Дмитриевна.

— Погодите, Мария Дмитриевна. Давай договоримся — я не сдам тебя в полицию, и более того, дам тебе пять тысяч, но ты мне скажешь, кто тебя нанял. Выбирай!

— Правда, что ль, пять тыщ дадите?

— Дам! Вот! — Я вытащила из сумки пятитысячную купюру.

— Точняк дадите?

— Точняк, точняк!

— Ладно, скажу... Охота была за эту тетку в полицию загреметь... Ее звать Эльвира Николаевна, она в нашем дворе живет...

— На улице Черняховского?

— Ага, точно!

— Ладно, ступай с богом! И впредь включай голову, когда тебе поручения дают! — Я сунула ему обещанные деньги. Он метнулся к дверям.

— Вы чего, Карина Георгиевна? Зачем отпустили гаденыша?

— А я все узнала, что хотела.

— Нешто вы знаете эту бабу?

— Знаю, хорошо знаю. Она ничего мне не сделает. Она трусливая идиотка и только. У меня камень с души свалился.

— Да кто ж она такая?

— Одна старая знакомая.

— Ну, вам виднее! Ой, а чего она опять вам написала? Может, посмотрите?

— А как же!

«Сходи в церковь, оторва! Покайся перед смертью! А смерть тебя ждет лютая!»

— Ой, мамочки! Кариночка, ну нельзя это так оставлять! Нельзя! Она ж может нанять кого-нибудь!

— Никого она не наймет! Нервы мне потрепать решила, думает, никто ее не заподозрит, все будут думать на поклонницу моего жениха!

— Кариночка, у вас жених появился?

— Появился, появился!

— А это не тот, что к вам с арбузом-то приходил?

— Тот самый! — засмеялась я.

— Интересный мужчина, видный... Я тогда еще подумала — в самый раз Карине Георгиевне подходит! Он артист, что ли?

— Музыкант!

— А! Поздравляю вас...

— Спасибо!

Я поднялась в квартиру и набрала номер. Это был телефон четвертой Лёниной жены. Поразительно!

— Алло! — раздался звонкий голос.

— Эльвира Николаевна?

— Да, я. А кто говорит?

— Карина Дубровина!

— Что вам нужно!

— Я просто хочу предупредить, что я выяснила, кто мне шлет эти замечательные письма с угрозами. Уймитесь, мой вам совет!

— Я ничего не понимаю! О каких письмах речь? И с какой стати мне вам угрожать?

— Понятия не имею! Но факт остается фактом. Я выяснила, что это вы подсылали мальчишку с этими идиотскими письмами. Сказать по правде, я обрадовалась и вздохнула с облегчением, когда выяснила, что это ваших рук дело! Предупреждаю, я обратилась в полицию. Но пока не дам хода этому делу.

— Ничего не докажете! — взвизгнула она.

— Уже доказала. Эти письма смотрел графолог, — с удовольствием блефовала я, — у меня случайно завалился конверт с вашим почерком, и графолог установил полную идентичность, хоть вы и писали печатными буквами. Так что... не советую предаваться подобным забавам! Да, и еще один вопрос... Марина Варфоломеева это, случайно, не ваших рук дело?

Она вдруг закашлялась.

— Так! И зачем вам это понадобилось?

— Потому что я тебя ненавижу! Будь ты проклята! Отняла у меня мужа, свела в могилу, ободрала как липку, а теперь замуж за такого артиста собралась! — истерически рыдала она. — Не будет тебе счастья, ты его мизинца не стоишь, окаянная девка!

— О! Кажется у нас с вами схожие вкусы, — засмеялась я. — Вам что, совсем делать нечего? Только жизнь мне отравлять? Сочувствую! Но впредь советую бросить это дело, а то и заиграться можно! Все! Меня от вас тошнит! Можете рассказать об этом в вашем любимом ток-шоу! Или нет, лучше я расскажу! Так вы меня достали, что я решила положить этому конец!

И я швырнула трубку. Разумеется, ни на какое телевидение я не пойду, но припугнуть мерзкую бабу было приятно! Да, вероятно, это трудно стерпеть, когда профурсетка, которая увела твоего мужа, собралась замуж за твоего любимого певца! Невыносимо. Конечно, мысли у меня были можно сказать нехристианские, но меня довели! Я тут же позвонила Наиле Сабуровне.

— Детка, что там у тебя?

— Я выяснила, что за птица эта Марина Варфоломеева! И скорее всего она и не Марина и не Варфоломеева...

И я рассказала все, что произошло, и все, что я выяснила.

— Господи, что за люди! Писать такие страшные вещи... Как это можно?

— Наиля Сабуровна, давайте не станем говорить Ильке про эти письма, ведь дурь одна, а он может всполошиться, зачем это?

— Ох, Каринка, как же я рада, что ты будешь моей невесткой!

Мы еще поговорили о том о сем, мне дали послушать, как скулит Лютик при слове «Карина», и я вдруг поняла, что разговоры с будущей свекровью приносят мне облегчение, как-то умиротворяют... Кому сказать, не поверят! А как приятно не бояться выходить на улицу! Сказать по правде, эти идиотские угрозы Эльвиры Николаевны всё-таки отравили мне жизнь на некоторое время. И как Лёня, умнейший, талантливейший человек, мог жениться на такой? Да, она была когда-то очень красива, куда красивее меня, но... Есть многое на свете, друг Горацио, что и не снилось нашим мудрецам...

На следующий день я пошла на лекции, потом заглянула к Оле на примерку. Платья получались сногсшибательные! Настроение у меня было роскошное, идти домой не хотелось, и я решила зайти в кафе поужинать. Я здорово проголодалась. Закажу вредненькое, как любит говорить Тонька. Мне принесли баранину на ребрышках с жареной картошкой. От мяса шел волшебный запах, и я с аппетитом взялась за еду. Это было чертовски вкусно! После баранины я еще выпила чаю с куском замечательного шоколадного торта! Все последние дни я почти не могла есть и сейчас с восторгом наверстывала упущенное.

А утром мне позвонила Тонька.

— Ты в фейсбук не заглядывала? Нет? А в инстаграм?

— Никуда я не заглядывала, а что так такое? Что-то про Ильяса?

— Нет, про его невесту, прожорливую как акула.
— Чего?
— Ты вчера в ресторан ходила?
— Ходила! И что, меня там кто-то засек?
— Да! И такие фотки выложил, как ты с упоением жрешь сперва мясо с картошкой, а потом еще торт!
— Господи, и кому это надо?
— Да любой суке, которая знает, кто такой Абдрашитов и на ком он собрался жениться! На прожорливой акуле, которая через год после свадьбы разжиреет, как последняя свинья...
— Тонька, там что, так и написано?
— Так и написано! Я, что ли, такое придумаю!
— А калории они там не подсчитали случайно?
— Пока нет, — фыркнула Тонька.
— А зря! Небось много я калорий сожрала, ох много! Только зря стараются! Илька меня любит, и, кстати, ему нравится, что я ем с аппетитом!
— Но я поражаюсь человеческой мерзости!
— Пореже суйся в Интернет, и твое мироощущение будет куда более светлым!

— Ну, вообще-то да. Каринка, а где свадьба-то будет?

— Скорее всего в Москве.

— А нас пригласишь?

— Более идиотский вопрос задать трудно! — возмутилась я.

— А народу много будет?

— Не знаю еще. Я хочу по минимуму, Илька тоже, но все равно меньше семидесяти человек не получится, а то и все сто!

— А платье какое?

— Не думала пока!

— Надо что-то очень шикарное!

— Если бы ты знала, Тонька, как мне все это не нужно! По мне лучше улететь с Илькой на недельку на необитаемый остров...

— Ишь чего захотела!

— Я понимаю! — тяжело вздохнула я.

И в этот момент я почему-то вдруг подумала о маме. Как давно я ее не видела. Завтра воскресенье, с самого утра поеду к ней! Мы не были с мамой особенно близки, моя мама хорошая женщина, но она живет в каком-то своем мире, она как-то отдалилась от всех, но она все-таки моя мама, я люблю ее и должна рассказать все, что произошло со мной за последнее время. А произошло так много...

Сказано, сделано! Сейчас, в начале ноября, пробок на выезде из города не было, к счастью, было сухо, холодно и бесснежно. Я ехала не спеша, включила диск с записями Ильяса, и мне было так хорошо! Какой у него завораживающий голос... Неужели это поет мой будущий муж? Невероятно!

А вот и стрелка с указателем. Я свернула на боковую дорогу: «дер. Митрохино 2 км».

Я въехала в деревню. На дорогу выскочила всклокоченная дворняжка и залаяла. Пришлось притормозить. Дворняжка была смешная и в общем-то милая.

— Ну, чего ты брешешь? — спросила я и кинула ей в окно печенье.

Она схватила его на лету и потрусила прочь. А вот и мамин дом. Я сразу увидела ее. Она в телогрейке и теплом платке что-то сгребала граблями. Сухие листья, что ли?

— Мама!
— Карина? Ты приехала? — улыбнулась она. — Что-то случилось?
— А разве должно что-то случиться, чтобы мне захотелось тебя навестить?
— Заезжай на участок! Не надо оставлять машину на улице! Ну, дай я на тебя посмотрю? Ты вроде похудела.

— Мамочка, я тебе всякого вкусного привезла! Как ты тут, дай я тебя поцелую! Ох, холодно сегодня.

— Пойдем скорее в дом! Ты голодная?

— Пока нет!

В доме замечательно пахло деревом, чистотой и сухими листьями. На столе в глиняном кувшине стоял красивый сухой букет.

— Ты туфли сними, тапочки надень, а лучше вот, теплые носки, полы холодные. Через сорок минут будем обедать, я как раз сварила грибной суп, как чувствовала, что ты приедешь. Ну, рассказывай, как тебе живется?

— Мама, тебе большой привет от Наили Сабуровны, помнишь ее?

— Как не помнить! Спасибо! А где ты ее видела? Помнится, ты говорила, они с Ильясом за границу уехали?

— Да, я видела ее в Испании. Они теперь там живут. Знаешь, мама, мы с Ильясом решили пожениться.

— Да что ты! Ну и хорошо! Он славный парнишка... Он чего-нибудь добился?

— Мама, он один из лучших певцов современности!

— Это ты так решила? — улыбнулась мама, и я вдруг поняла, что она меня на самом деле не слышит... Ей все это глубоко неинтересно.

— Нет, мама, не я так решила...
— Ты его любишь?
— Да! И он меня любит. И Наиля Сабуровна меня приняла и полюбила.
— И ты будешь жить в Испании?
— Похоже на то. Но Ильяс все время гастролирует, я буду ездить с ним... Хочешь послушать, как он поет?
— Да нет, я не люблю, когда при мне поют... Не обижайся, но у меня от громкого пения болит голова.
— А взглянуть на него не хочешь?
— Ну, покажи...
Я достала телефон.
— Вот он!
— Да, красивый мужчина... даже слишком. Тебе будет трудно... Но это твой выбор!
— Мама, а на свадьбу ты приедешь?
— Ох, прости, но нет, не приеду. Я отвыкла от шумных компаний. Мне хорошо только тут, дома.
— А как твой агроном?
— Захаживает иногда, но меня это утомляет...
— Мама, а как ты себя вообще чувствуешь?
— Прекрасно, я отлично себя чувствую!

Мне показалось, она сейчас скажет «когда меня не трогают»! Но она промолчала.

— Ну, пора уже обедать.

Она достала из шкафчика тарелки и ложки, вытащила ухватом из русской печки чугунок, нарезала толстыми ломтями серый хлеб, разлила суп.

— Судя по запаху, вкусно получилось... Ешь, девочка!

— Ох, и правда, очень вкусно!

— В этом году было просто безумное количество грибов. Я насушила. Обязательно дам тебе с собой. Белые, отборные... Будешь варить суп...

— Мама, а какая у тебя сейчас живность?

— Только куры. И еще кот, который приблудился, ласковый такой, сейчас где-то шляется, к вечеру заявится голодный! Он, кстати, тоже любит грибной суп... А у тебя есть живность?

— У Наили Сабуровны есть померанцевый шпиц.

— Хорошенький?

— Очаровательный!

— Я рада, что ты выходишь замуж. А детей вы собираетесь заводить? Тебе пора уж...

— Обязательно!

— Скажи, а ты на могиле отца бываешь?

— Конечно, регулярно бываю, слежу за могилой...

А Я ДУРА ПЯТАЯ!

— Это хорошо, спасибо. Знаешь, я второе не готовила... Не ждала тебя, ты бы позвонила, что ли... Ну ничего, чайку попьем, из самовара, с шишками... Как твой дедушка любил. Вот, пряники хорошие есть...

— Мама, я же привезла тебе твою любимую пастилу и «коровки», и еще сыр и копченую колбасу... Я в холодильник положила...

— Да, в самом деле...

— Мама, что с тобой?

— А что со мной? Мне хорошо здесь, одной. Ты не обижайся, я совсем... Не обижайся, Карина, я лучше всего себя чувствую, когда я одна. Что делать... Ты поезжай, а то стемнеет, сейчас рано темнеет. И не сердись, дочка, я тебя очень люблю, ну что ж делать, вот такая у тебя негодная мама. Но ты ведь живешь своей взрослой жизнью, у тебя свои современные интересы, а я... так не могу... я даже телевизор отдала соседям, не хочу! Поверь, Карина, я счастлива тут, видно в прошлой жизни я была деревенской... Мне мучительно соприкосновение с цивилизацией... Я знаю, я плохая мать... Но я ведь не нужна тебе... Ты уже большая...

Все это она говорила монотонно, что называется, без выражения.

А у меня комок стоял в горле. Мне было ее безумно жалко и до ужаса обидно. Она хочет поскорее избавиться от меня.

— Ладно, мамочка, я поеду.

— Поезжай, девочка, будь осторожна на дороге.

— Мама, я помню ты когда-то говорила, что мечтаешь поехать в Израиль, на Святую землю...

— Мало ли что я говорила когда-то.

— А хочешь, я свожу тебя в Иерусалим?

— Нет, зачем! Какая ты непонятливая, дочка! Я никуда не хочу! Я здесь счастлива... Неужто так трудно это понять?

— Да нет, я поняла! Мама, если что-то понадобится, звони!

— Хорошо, спасибо!

Она вышла меня проводить.

— Счастья тебе с Ильясом! И маме его привет передай!

Я села в машину и рванула с места. Мне было страшно. Я выехала на шоссе и затормозила. В горле стоял комок. Я как будто похоронила мать. И я разревелась.

И в этот момент позвонил Ильяс:

— Каришка, что у тебя с голосом? Ты плачешь, солнышко мое?

— Илечка, я была у мамы...

— Что с ней? Она больна?

— Не знаю... Если больна, то не физически. Я пробыла у нее чуть больше двух часов, и она меня практически выставила. Она и раньше жила в своем каком-то мире, а сейчас... Я ей совсем не нужна! Ей ничего про меня неинтересно, — рыдала я в трубку.

— Успокойся, возьми себя в руки! — вдруг резко скомандовал он, и я мгновенно перестала плакать.

— Ишь, разревелась... Твоя мама всегда была немного странной, разве нормальная женщина оставит свою пятнадцатилетнюю дочку одну в Москве? Это хорошо, что у тебя нашелся друг, нормальный порядочный парень...

— Это какой друг? Ильяс?

— Конечно!

— Илечка, любимый! Прости, что морочу тебе голову...

— А кому ж тебе голову морочить? Только мне. И не реви, я это плохо переношу... Когда мы так далеко... Но скоро мы будем вместе. А вообще, на тебя непохоже, ты никогда не была плаксой... У тебя еще какие-то неприятности?

— Илька, я была жутко голодная, зашла в кафе поесть...

— И жрала там, как акула? — рассмеялся он. — Меня уж просветили... Плюнь, Каришка, и ешь что хочешь! Знаешь, как я хохотал! И помни, семейство Абдрашитовых в полном составе, включая Лютика, тебя обожает, и я надеюсь, в скором времени это семейство еще увеличится... Да, там еще ничего такого нет?

— Пока нет, но что у нас было-то, всего две ночи...

— На эту тему ни слова!

— Ты сам начал!

— Ну все, мне пора на репетицию, я сто раз тебя целую, и если опять захочешь реветь, сразу звони или пиши мне, я приму меры! Все!

Вот поговорила с ним, и мне стало легко и хорошо. Пусть мама будет здорова и счастлива в своем уединении.

Войдя в квартиру, я увидела мигающий глазок автоответчика.

— Каринка, куда ты пропала, потеряла тебя, — узнала я голос Лили, старой приятельницы, которая большую часть года живет на Кипре.

А дальше...

Незнакомый истерический женский голос орал:

— Не видать тебе Ильяса как своих ушей, чувырла! Сука драная! Если только выйдешь за него, тебе небо с овчинку покажется! Не рада свету белому будешь! Ты потаскуха, а ему такие не нужны! Ему чистая девушка нужна! И он женится на мне, я берегу себя для него, а ты даешь направо и налево! Сдохни, гадина!

Да, не хило! Ну, это явно сумасшедшая, даже и вопросов нет.

Зазвонил мобильник. Наиля Сабуровна.

— Детка, ты сможешь послезавтра встретить нас с Лютиком в аэропорту? Мы прилетаем в Шереметьево и остановимся у тебя!

— Господи, какое счастье! Конечно, я вас встречу, а когда?

— В тринадцать тридцать.

— Ой, у меня лекции... Но я что-нибудь придумаю.

— Не надо ничего придумывать, ты просто оставь ключи у кого-то из соседей.

— Хорошо, у консьержки оставлю. А почему вы... вы же вроде не собирались?

— Илька позвонил и сказал, что надо лететь к Каринке, она там одна и что-то хандрит! Ну, а я с удовольствием. И тебя видеть хочу, и Москву посмотреть... Мы тебе не помешаем?

— О чем вы говорите! Как вы можете мне помешать!

— Ну и славно! Тогда до встречи, детка!

Отвратительное ощущение от звонка сумасшедшей девственницы сразу улетучилось. Я буду не одна... И я взялась за уборку, пусть свекровь видит, что у меня чисто в доме. Завтра куплю продукты, приготовлю хороший обед... Надо купить цветов... Я ликовала!

В день приезда Наили Сабуровны я пошла в институт.

— Карина Георгиевна, вас проректор вызывает, — сообщила мне секретарша.

— А в чем дело, не знаете?

— Откуда? У него же все тайны, тайны...

— Карина Георгиевна, голубушка, — поднялся он мне навстречу, — Простите, дорогая, вышло недоразумение! Мы отпускаем вас, с понедельника вы свободны!

— Вы серьезно?

— Абсолютно серьезно! Вам нашли замену, хотя, конечно, такую очаровательную особу и такого специалиста найти сложно, однако... Что ж вы сразу не сказали, что выходите замуж за Абдрашитова?

— Но вы же говорили, что договор...

— Все улажено, не беспокойтесь, в три придет юрист, мы подпишем расторжение договора, и можете быть свободны, как ветер!

— Спасибо, я тронута!

Удивительное дело! Я голову дам на отсечение, что это дело рук Ильяса... Обалдеть!

После лекции я попрощалась со студентами и помчалась к проректору. Наиля Сабуровна прислала эсэмэску, что они с Лютиком уже в квартире. Слава богу!

У проректора я пробыла долго. Но зато теперь я свободна! Я вышла на воздух. Уже стемнело. И вдруг ко мне метнулся какой-то высокий мужик. Я испугалась.

— Карина!

— Кузьма? — ахнула я. — Тебя выпустили? Слава богу! — несказанно обрадовалась я и повисла у него на шее.

— Я пришел... сказать спасибо, я знаю, это ты нашла Ключникова... Прошу тебя, давай хоть на полчаса зайдем в кафе, необходимо поговорить, я сегодня же уеду к себе, там без меня... Пожалуйста, Карина!

— Ну... Вообще-то я спешу, но на полчаса можно! А ты неплохо выглядишь...

— Да уж. Но, как известно, от тюрьмы и от сумы не зарекайся!

— С тебя обвинения сняты?

— Полностью! Спасибо твоему Ключникову! Блестящий адвокат! Еще раз спасибо! Но я хотел не о том... Я знаю, ты выходишь замуж... Поздравляю, роскошная партия!

— Кузьма!

— Знаешь, я в тюрьме много думал, было время... Вот если бы тогда я не привел тебя в «Асторию», ты была бы со мной?

— Не знаю, но только вряд ли... мы не подходим друг другу...

— А мне наоборот казалось, что мы невероятно подходим друг другу.

— Нет, нам обоим что-то померещилось. Это было наваждение... А Ильяс своим появлением как будто это наваждение рассеял...

— Ох, как поэтично и, пожалуй, по нашим временам даже безвкусно.

— Может, ты и прав.

— Да конечно прав! Все просто. Он звезда мирового масштаба, а я просто фермер. Куда мне с ним тягаться...

— А ты и не пробовал! Я думала, ты примчишься на вокзал...

— Так я же понял, что мне дали отставку!

— Ладно, понимай как хочешь. Но я все равно благодарна тебе.

— Это за что же? За хороший трах?

— Да, — рассмеялась я, — за хороший трах, за то, что я очнулась после пяти лет вдовьего анабиоза, и конечно же за фисташковый крем в «Астории»! Это было очень вкусно! Засим прощай, Кузьма, я от всей души желаю тебе счастья!

— Погоди!
— Зачем? Ты наговоришь мне каких-нибудь гадостей, к чему! Давай будем радоваться, что не испортили друг другу жизнь!
— Почему? Тебе ведь было хорошо со мной!
— Да, но это... Это была не я, а глупая коза в порыве страсти!

Он фыркнул.

— А я, выходит, козел?
— Я говорила только о себе. Все, я ушла!
— Я провожу тебя!
— Не стоит!

Я подошла к своей двери и сразу услышала тявканье Лютика! Как хорошо! Я открыла дверь и песик поскакал ко мне, вскинув задание лапки! Просто цирковой номер!

— Лютик, дорогой мой! Наиля Сабуровна, как я рада вас видеть!

— Дай-ка я на тебя посмотрю! Что там Ильке померещилось? Выглядишь отлично, глаза блестят!

— Это сегодня я такая, а была... Хотите послушать?

Я включила автоответчик с воплями сумасшедшей девственницы.

— Боже, какая мерзость! Да еще это наложилось на те угрозы... Правильно, что я приехала! Ну, когда уже тебя отпустят?

— С понедельника я свободна! И по-моему, это Илькиных рук дело!

— Может быть.

— И еще, я сегодня встретилась с Кузьмой, его, слава богу, выпустили, мы поговорили...

— Ну и слава Богу! А ты... не пожалела о своем выборе? Ты ведь Ильку любишь?

— Люблю! Больше всего на свете. А как его не любить? Вот сейчас я сижу тут с вами, Лютик вокруг скачет, и мне хорошо и совсем не страшно...

— Только ты не думай, что Илька идеальный герой! Отнюдь! У него масса недостатков.

— Наверняка, но я пока не вижу...

— Он страшный педант, аккуратист невероятный. Иной раз так может взорваться, что хоть беги из дому. Один раз, когда еще жил с Вивиан, разгромил старинный секретер палисандрового дерева.

— Как?

— Топором! Изрубил в куски!

— Видно, за дело!

— Я не в курсе, но, полагаю, да. Он не любил ее. Женился, что называется, по залету. А знаешь, он к тебе всегда, с юности еще был неравнодушен.

— Он говорил мне.

— Помню, он вернулся из Москвы, мы тогда еще жили в Вене, кажется, первый год, вернулся убитый. Я спросила, в чем дело, а он говорит: «Мама, я второй раз упустил свою Каришку. Я делал карьеру, а она... она второй раз вышла замуж и, говорят, по безумной любви». Знаешь, а Вивиан была чем-то похожа на тебя, думаю, он потому-то с ней и связался...

— Наиля Сабуровна, вы, наверное, голодны? Я приготовила обед...

— О, интересно, как моя невестка готовит. Илька был в восторге от твоего обеда...

Отведав суп из подаренных мамой белых грибов, она сказала:

— Вкусно! Я так не умею, научишь?

На второе я запекла кусок телятины, а на гарнир подала жареную антоновку.

— С ума сойти, как вкусно, кто бы мог подумать.

— Ваш сын всегда будет накормлен!

— Деточка, боюсь, это будет редкое удовольствие. Если будешь мотаться с ним по гастролям, питаться вы будете в основном в ресторанах. Но он это любит!

— А ему не нужна какая-то специальная диета?

— Специальная? Нет! Он хорошо знает, что ему нельзя, что вредно для голоса... И ты это скоро усвоишь! Только помни, у него в шкафу всегда должно быть не меньше десяти чистых рубашек! И всегда только черные носки.

— Почему?

— Он цветных носков не признает. Только если на отдыхе, но тогда белые.

— Ну что ж, это проще, чем если б надо было подбирать носки к каждой паре брюк!

— У тебя очень правильный подход! И еще ботинки он всегда чистит только сам, никому не доверяет.

— Прекрасно, я терпеть не могу чистить ботинки.

— А еще у него аллергия на укусы ос. Если, не дай бог, оса укусит, надо немедленно к врачу! Немедленно!

— Вот хорошо, что предупредили!

— А скажи, детка... Ты не свозишь меня в деревню к твоей маме, надо бы нам с ней... Что такое? Почему такое выражение лица?

— А Илька не говорил вам?

— Нет. С ней что-то случилось? Она заболела?

Я рассказала о своем визите к маме.

— Грустно... Ну ничего, теперь у тебя есть мы. И если хочешь, зови меня мамой! Хотя нет, твоя мама жива и не стоит... Но считай меня мамой!

Она обняла меня, поцеловала, а я разревелась.

— Ну вот, хочется поплакать? Поплачь, детка, поплачь, иногда это нужно. А скажи, ты завтра свободна?

— Да!

— Может, поездим с тобой по Москве?

— Да с удовольствием, но в ноябре это не так интересно и красиво, как летом.

— И все-таки!

— А вы не хотите повидать кого-то из московских друзей?

— Да нет, что-то нет желания, а вот познакомиться с твоими самыми близкими по возможности хотела бы! У тебя много друзей?

— Да нет, есть закадычная подружка Тонька с мужем, еще одна подружка живет в Иркутске, вот, пожалуй, и все.

— А с Тонькой познакомишь?

— С удовольствием. Могу пригласить их завтра на ужин?

— Отлично!

— Ну, если они смогут... У них дочка во втором классе.

— Пусть с дочкой приходят.

Я позвонила Тоньке, но оказалось, что завтра они всей семьей идут на день рождения Кирюхиной сестры.

— Жалко.

— Ой, а мне-то как жалко! Но я могу завтра заскочить к вам в первой половине дня.

— Не выйдет, мы завтра поедем на экскурсию по Москве!

— О, какая программа! Ладно, в другой раз!

Мы прожили вместе неделю, душа в душу. И вместе полетели в Милан. Ильяс встретил нас в аэропорту. При виде его я задохнулась от радости!

Но тут же заметила вспышки фотокамер. Нас снимали.

— Ты знал, что будет пресса? — спросила Наиля Сабуровна.

— Предполагал! Ну и что? Плевать на них. Пусть видят, какая у меня невеста!

На сей раз мы все поселились в одном шикарном отеле. Лютику тоже было позволено там жить. У меня был отдельный номер, что меня несколько обескуражило, но Илька сказал:

— Это чтобы ты не попала мне перед спектаклем под горячую руку! А сегодня я приду к тебе вечером!

Первый спектакль предстоял послезавтра.
— Завтра пойдем покупать тебе платья!
— Не нужно, у меня есть!
— Что у тебя есть?
— Три роскошных платья!
— Ты уверена, что это то, что надо?
— Уверена!
— Покажи!
— Да с радостью!

Я сперва показала ему вешалку с терракотовым платьем, он его одобрил. Потом с черным.
— Отлично!

Потом я повозилась немного с черным платьем, пристегнула юбку и накинула на вешалку кружевной жакет.
— Шикарно! Откуда?
— Из Москвы!

— Погоди, а это что, два платья из одной ткани?
— Ишь какой приметливый! Но это не два платья, а одно.
— Ну зачем? — огорчился он.
— Илька, перестань, это ты заметил, а остальные вряд ли, к тому же публика-то будет другая. И вообще, бог с ними, с платьями, я так тебе благодарна, что прислал ко мне свою маму... Она так меня поддержала...
— Мама в тебя просто влюблена, такого мне о тебе наговорила... Но я тебе не скажу, а то зазнаешься.

После первого спектакля, имевшего оглушительный успех, Наиля Сабуровна вернулась в отель, а мы с Ильясом и целой компанией его коллег отправились кутить в ресторан. Ильяс был весел, глаза сверкали, правда говорили в основном по-итальянски, и я решила, что мне срочно надо осваивать этот язык. Впрочем, компания была интернациональная. Гречанка, американец, из русских, кроме Ильки, была еще превосходная певица из Мариинки, певшая Эболи.
— Карина, откуда такое платье? — шепнула мне гречанка по-английски. — Просто восторг!
— Из Москвы, от молодого нового дизайнера.

— О! Эти дивные кружева!

Ильясу кто-то позвонил. Я звонка не услышала. Он вытащил телефон из кармана, ответил и вдруг страшно побледнел. Господи, что у него случилось? Я вопросительно на него взглянула.

— Друзья мои, я должен сейчас вас покинуть. У меня... возникла одна проблема, которую надо немедленно решить. Карина, идем!

Я вскочила.

— Что?

— Потом!

Он взял меня под руку.

— Кто звонил?

— Мама!

— Господи, что с ней!

Он вдруг тихонько выматерился.

— С ума сошел? Что!

— Пошли пешком, я все объясню, хотя сам ни хрена не понял! Там кто-то привез в отель Паолу, мою дочку! Эта проб...дь, ее мамаша, видно, рехнулась и уехала в Тибет, якобы навсегда! А дочку подбросила мне. Мама в жуткой растерянности... Но как не вовремя, у меня же сумасшедшее расписание...

— Так, а я на что? По-твоему, я не смогу побыть с ребенком? Дурачок, это же счастье! Ты и твоя мама, вы страдали, а теперь... Вот, считай, у нас уже есть дочка!

Он вдруг остановился посреди улицы.

— Ты серьезно?

— Более чем! Я давно мечтаю о детях, но пока еще у нас свой заведется... А тут маленькое существо, которое вдруг осталось без матери, вряд ли она помнит тебя и бабушку, а если даже помнит, что ж, просто рядом будет еще одна тетя, а я умею ладить с малышами. На каком языке она говорит?

— На французском.

— Тем лучше, я тоже говорю по-французски. Чего ты встал, идем скорее!

В номере Наили Сабуровны пахло валерьянкой или чем-то в этом роде.

А на кресле сидела девочка, маленькая, прелестная, с отцовскими зелеными глазами, темными кудрявыми волосами и испуганным выражением личика.

— Наконец-то! — воскликнула Наиля Сабуровна. — Она меня совершенно не понимает! Боже мой...

Ильяс кинулся к ребенку, схватил на руки, прижал к себе. Девочка заплакала. И обняла его за шею.

Он что-то шептал ей на ухо. Она вдруг отстранилась от него, посмотрела, словно оценивая, и опять заплакала, призывая маму. Ильяс осторожно опустил ее в кресло.

— Она меня не помнит...
— Карина, спроси, не хочет ли она есть или пить?

Я опустилась на колени возле кресла и улыбнулась девочке. Та с интересом на меня уставилась.

— Ты кто?
— Карина, меня зовут Карина. А ты узнала своего папу?
— Этот мсье мой папа?
— Да. И он ужасно рад, что ты приехала!
— А где моя мама?
— Мама далеко, она уехала и приедет нескоро...
— Она меня бросила, да?

У меня сердце зашлось от жалости.

— Нет, что ты! Просто с мамами иногда так бывает. Моя мама тоже от меня уехала надолго, и мне тоже грустно, но у меня есть твой папа и твоя бабушка, они очень добрые и хорошие люди. Думаю, нам всем будет хорошо вместе.

В глазах девочки была боль, вынести это было трудно. И вдруг она протянула ручку и погладила меня по щеке:

— А ты плакала, когда твоя мама уехала?

— Поплакала, конечно, но я же была не одна. И ты не одна! С тобой и папа, и бабушка, и Лютик, и я. А скажи, ты хочешь кушать?

— Хочу!

— А что ты любишь?

— Сосиску! И яблочный пирожок! Больше всего!

Ильяс схватился за телефон.

— И мне дадут сосиску и пирожок?

— Ну, папа постарается, хотя мы не дома и сейчас уже поздно...

— Я мигом! — крикнул Ильяс и ринулся прочь из номера.

— Какое счастье, что ты говоришь по-французски, — простонала Наиля Сабуровна, по щекам у нее катились слезы.

Вскоре вернулся Ильяс с двумя сосисками в пластиковом контейнере и каким-то пирожком.

— Сосиски горячие! — сообщил он.

— Ой, сосисочки! Целых две!

Я повела ее в ванную, помыла ей ручки.

— Идем, сейчас поешь и ляжешь спать. Уже поздно.

— А где я буду спать?

— Вот на этом диване!

— А можно мне с тобой? Я не хочу одна, я боюсь.

— Сегодня можно все. А потом у тебя будет своя отдельная комната.

Девочка поела с отменным аппетитом. Пирожок, правда, есть не стала, он оказался «не такой»! Потом уже совсем сонную Ильяс отнес ее в мой номер. Я кое-как ее умыла, надела на нее пижамку и уложила в свою кровать. Она мгновенно уснула.

— Илька, мы с ней завтра же уедем в Испанию.

— Да, мама тоже так считает. Необходимо найти ей няню, желательно русскую. Но как она к тебе потянулась... Слава богу!

— Ты рад, что она с нами?

— Да я счастлив!

— Только нужно как-то все это оформить, а то вдруг ее мамаша передумает... Но коль скоро она ребенка бросила, ты вправе забрать ее себе навсегда, по крайней мере мне так кажется!

— Да, безусловно. Я уже связался с моим юристом...

— Господи, когда ты успел?

— А пока мне искали сосиски, — улыбнулся он. — Вот уж воистину, человек предполагает, а бог располагает, я намечтал себе это пребывание в Милане, с тобой... А теперь...

— Ничего, зато к тебе вернулась дочка! Она у тебя чудесная!

— Значит, ты теперь не будешь со мной ездить?

— Буду, но не сразу. Надо найти няню, надо, чтобы девочка привыкла к новому месту, к новым людям, а я... Я буду к тебе приезжать на день-два. А когда она освоится, можно будет иногда брать ее с собой. Смотри, как она на тебя похожа.

— Ты находишь? И немножко на маму. Хорошенькая...

— Да она красотка! Слушай, а кто ее привез?

— Мама сказала, что какая-то женщина. Она ждала маму в холле отеля, отдала ей сумку с вещами и быстро ушла, сказав только, что мать Паолы уехала в Тибет!

— Слушай, Илька, тебе не кажется, что Паола Абдрашитова звучит как-то...

— В самом деле, а я и не подумал... Но что же делать?

— Дома пусть она будет Полинка.

— Полинка? Мне нравится, ласково... Нежно... Полинка! Каришка, я такой умный!

— Не спорю, но ты сейчас о чем?

— О том, что в тридцать семь лет понял, какая женщина мне нужна... То есть я давно это понял, но ты все ускользала... А теперь уж не отвертишься, моя!

— Твоя, твоя!

— Может, пойдем на часок ко мне, а?

— И не мечтай! Нельзя сейчас оставлять девочку одну. А вдруг она проснется, испугается?

— Да, ты права, как всегда права.

— Я совсем не всегда права, не преувеличивай! Но я люблю тебя, и в этом я права.

— Как там у Пастернака было: «Ты женщина, и этим ты права...»?

— Ты сейчас пойди к маме, успокой ее, для нее это ужасный стресс!

— Но поцеловать тебя можно?

— Нужно!

На другой день мы с Наилей Сабуровной и Полинкой улетели в Барселону. Девочка все льнула ко мне, поскольку только со мной могла объясниться. Но Наиля Сабуровна ей явно нравилась. Постепенно малышка осваивалась в новых условиях и уже знала несколько русских слов: бабá, Рикá, «сабаска». Это я стала Рикой. Через десять дней приехал Ильяс. Он сразу подхватил девочку на руки, таскал ее на закорках, читал сказки. Девочка, казалось, как-то оттаяла. Они оба сидела на полу в гостиной, играли в кубики, и вдруг я услышала:

— Мсье папá, а почему мамá меня бросила? Потому что я плохая, да?

— Господи, да нет, конечно, ты самая лучшая на свете девочка, просто мама...

Он беспомощно оглянулся на меня:

— Твоя мама... заболела. Она уехала лечиться далеко-далеко, в горы.

— А почему она меня не взяла?

— Потому что... ты маленькая и могла заразиться от нее, а для маленьких эта болезнь очень-очень опасная, — плела я невесть что.

— А мама там долго будет лечиться?

— Да, очень долго, но это необходимо. И потом, разве тебе у нас плохо?

— Нет, хорошо, вы мне разрешаете играть с собачкой, а мама не разрешала, и потом мсье папá так красиво поет! И Рикá и бабá не запирают меня одну... Вы хорошие. Я привыкну...

И она обняла Ильяса, он прижал ее к себе. В его глазах читалась мука.

— Она еще запирала ее одну... Как можно! — пробормотал он.

Через два месяца мы поженились. Полинке сшили дивное платье, она выглядела настоящей принцессой и сияла от восторга. Она почти перестала вспоминать маму, но иногда грустила, впрочем, охотно откликаясь на игру или игрушку. Свадьба была скромной, но достойной. Из Москвы приехали Тонька с Кириллом. Они очень понравились Наиле Сабуровне.

— Каринка, а домик-то довольно скромный! — сказала Тонька. — Не Рублевка!

— Нам пока хватает!

— Ох, Каринка, как я за тебя рада. И девчонка чудо! Такая красотка и милая... А своих-то думаете завести?

— Думаем, но пока что-то не получается. Да успеем, пусть Полинка привыкнет...

— А без работы не тоскуешь?

— Некогда! Илька золотой парень, но очень требовательный, надо соответствовать! Я еще обучаю Полинку русскому, никак не сыщем подходящую няню... Словом, забот полон рот!

Тонька с Кириллом остались у нас погостить еще на недельку. А Ильяс повез Кирилла на зимнюю рыбалку, они выходили в море с местными рыбаками.

— А ты не боишься простудиться? — спрашивала я.

— Ни капельки! Я в прошлом году в ноябре свалился в море и хоть бы хны!

А мы, оставив Полинку с бабушкой, мотанули в Барселону. Тонька хотела кое-что купить себе и дочке.

Набегавшись по магазинам, мы пошли обедать. Тонька углубилась в меню, а я пошла в дамскую комнату. Возвращаясь, я заметила у нашего столика какого-то очень толстого мужчину. Он показался мне знакомым.

— А вот и она! — воскликнула Тонька.

— Каринка, не узнаешь?

— Яшка? Ты?

Это был наш однокурсник с истфака, Яша Борзов.

— Ой, девчонки, как я рад вас видеть! Каринка, про тебя все знаю, опять удачно вышла замуж, молодец! Чем-нибудь, кроме семьи занимаешься?

— Сейчас нет. Ну, а что ты? По-прежнему с Ленкой?

— Представь себе! Классная она баба оказалась! Девчонки, я открыл в Питере небольшое издательство. Срочно нужны хорошие книги!

— Почему ты к нам с этим обращаешься? — удивилась Тонька.

— Тонечка, лапушка, не к тебе. А Каринка, если помнишь, когда-то писала блестящие тексты для наших «капустников», КВНов и стенгазет.

— И что с того?

— Каринка, попробуй написать книгу, уверен, у тебя получится!

— С ума сошел! Я даже не знаю, как за это браться!

— А ты напиши о себе, это не должна быть автобиография, нет, но на основе своего опыта... Сюжет не должен быть сложным, не ставь себе каких-то формалистических задач, напиши популярный роман о превратностях жизни и любви. У тебя отличный слог, ты сможешь!

— Роман? О любви? А что... Можно попробовать... — вдруг загорелась я. Я вспомнила наш роман с Лёней, вспомнила о его дневниках... Да, я должна это сделать, чтобы воспоминания не жгли больше душу, не мешали жить новой жизнью...

— Я напишу! — нагло заявила я.

Тонька вытаращила глаза.

— Да, напишу, не знаю, удастся ли быстро написать... Но я напишу! — страшно воодушевилась я.

— Здорово, Каринка! Я убежден, это будет бестселлер!

На обратном пути Тонька вдруг спросила:

— Ты это серьезно насчет романа?

— Абсолютно!

— А Ильяс?

— А что Ильяс?

— А он возражать не будет?

— Пусть возражает! Я ведь не в рабство продалась, а вышла замуж.

— Ну, ты крутая! А ты ему скажешь?

— Обязательно!

И вечером, когда мы остались одни, он вдруг спросил:

— Каришка, ты хочешь мне что-то сказать?

— Хочу!

И я рассказала ему о Яшкиной идее.

— Интересное предложение... А ты справишься?

— Я попробую! Знаешь, когда он мне это предложил, я вдруг поняла, что ужасно хочу... Хочу поквитаться со своими обидчиками, хочу снова все вспомнить и потом уже забыть, понимаешь?

Он внимательно на меня посмотрел и улыбнулся:

— Валяй! Уверен, у тебя получится! И я еще буду гордиться своей талантливой и знаменитой женой!

И он стал нежно меня целовать.

— Погоди, я, кажется, уже придумала название!

— Какое?

— «А я дура пятая»!

Литературно-художественное издание
Әдеби-көркем басылым

ПРО ЖИЗНЬ И ПРО ЛЮБОВЬ: ЕКАТЕРИНА ВИЛЬМОНТ

Екатерина Николаевна Вильмонт

А Я ДУРА ПЯТАЯ!

Редакционно-издательская группа «Жанровая литература»

Зав. группой *М. Сергеева*
Ответственный редактор *Н. Ткачева*

Общероссийский классификатор продукции
ОК-034-2014 (КПЕС 2008); 58.11.1 — книги, брошюры печатные

Произведено в Российской Федерации. Изготовлено в 2020 г.

Изготовитель: ООО «Издательство АСТ»
129085, Российская Федерация, г. Москва, Звездный бульвар, д. 21, стр. 1, комн. 705, пом. I, этаж 7

Адрес места осуществления деятельности по изготовлению продукции:
123112, Москва, Пресненская наб., д. 6, стр. 2, Деловой комплекс «Империя», 14, 15 этаж.
Наш электронный адрес: WWW.AST.RU
Интернет-магазин: book24.ru

Өндіруші: ЖШҚ «АСТ баспасы»
129085, Мәскеу қ., Звёздный бульвары, 21-үй, 1-құрылыс, 705-бөлме, I жай, 7-қабат
Өндіріс орнының мекен-жайы: 123112, Мәскеу қаласы, Пресненская жағалауы, 6-үй, 2-құрылыс, «Империя» бизнес кешені, 14,15 қабат.
Біздің электрондық мекенжайымыз: www.ast.ru
E-mail: zhanry@ast.ru
Интернет-магазин: www.book.kz
Интернет-дүкен: www.book24.kz

Импортер в Республику Казахстан ТОО «РДЦ-Алматы».
Қазақстан Республикасындағы импорттаушы «РДЦ-Алматы» ЖШС.
Дистрибьютор и представитель по приему претензий на продукцию в республике Казахстан: ТОО «РДЦ-Алматы»
Қазақстан Республикасында дистрибьютор және өнім бойынша арыз-талаптарды қабылдаушының өкілі «РДЦ-Алматы» ЖШС, Алматы қ., Домбровский көш., 3«а», литер Б, офис 1.
Тел.: 8 (727) 2 51 59 89,90,91,92
Факс: 8 (727) 251 58 12, вн. 107; E-mail: RDC-Almaty@eksmo.kz
Тауар белгісі: «АСТ» Өндірілген жылы: 2020
Өнімнің жарамдылық мерзімі шектелмеген.
Өндірген мемлекет: Ресей

Подписано в печать 05.10.2020. Формат 70×90^1/$_{32}$.
Печать офсетная. Усл. печ. л. 11,7. Доп. тираж 5000 экз. Заказ № 6494.

Отпечатано с электронных носителей издательства.
ОАО «Тверской полиграфический комбинат».
170024, Россия, г. Тверь, пр-т Ленина, 5.

ISBN 978-5-17-111274-5

book 24.ru — Официальный интернет-магазин издательской группы "ЭКСМО-АСТ"

16+